谷崎禮讃

谷崎潤一郎をめぐる
人々との出会い

今令子

港の人

はじめに

谷崎潤一郎は、名字の前に大の字を冠し大谷崎《おおたにざき》と三島由紀夫に讃えられた、日本を代表する文豪の一人である。亡くなるまでにノーベル文学賞の候補に七回も挙がっていた。一九六四年には七十六人の候補者のうち、日本からは谷崎、川端康成、三島由紀夫、詩人の西脇順三郎の四人が入り、中でも谷崎は最終候補直前の六人の中の一人に残ったもののこれを逸し、翌一九六五年に死去。非常に残念である。

一八八六年日本橋に生まれ、東大国文科在学中より同人雑誌『新思潮』（第二次）に寄稿し始めてから、七十九歳で亡くなるまで執筆活動を続けた。耽美派と評され、その特性は生涯貫いている。文筆活動が長いだけに、初期の西欧好みのものから大震災後、関西移転してからのものと作風は大きく変化している。

私は谷崎の代表的な評論作品「陰翳禮讃」（一九三三年初版発行）に魅せられ、卒論は「関西移転後の谷崎潤一郎」をテーマとした。その取材として神戸に谷崎旧居を訪ね、ゆかりの人々と出会うことができた。昭和四十九年、谷崎が没して十年になろうとしていたときだった。

要法寺を訪問した際には、そこにお住まいでいらした宮下傳三郎氏から樋口富麿画伯をご紹介いただいた。樋口画伯は、谷崎の著書の挿絵や装丁を多く手がけた日本画家で、谷崎との交流も深く、さまざまな貴重な話をお聞かせいただいた。また谷崎が魚崎に住んだときの家主、故酒井安太郎氏のご家族など多くのかたに思い出をうかがい、谷崎の人生の痕跡をたどることができた。取材後の書簡での問い合わせにも応じてくださった。

さらに、書簡の引用のご許可をいただくため、当時神奈川県湯河原に住んでおられた谷崎松子夫人をお訪ねし、お目にかかることができた。松子夫人は多くの質問に答えてくださったばかりでなく、ご自身が知らないことを関係のかたに聞いてくださるなどお骨折りをいただいた。大学卒業後も、折にふれてお心のこもったお便りをくださった。

谷崎の墓参りも行ったが、その折には、菩提寺門前にお住まいでいらした渡辺千萬子さんと出会うこともできた。お目にかかったのは一度きりだったが、好印象だったようで、後年『落花流水』を執筆なさった折に私のことに触れてくださった。

このように多くのかたのご親切とご協力をいただいて無事卒業論文を書くことができ、この体験は人生の貴重な財産となった。論文の指導教授だった立教大学の平山城児教授は、私の住む鎌倉にお住まいでいらしたこともあり、卒業後も気にかけてくださった。

樋口画伯や酒井安太郎ご子息で谷崎の書簡を受け継いで保管されていた酒井義夫ご夫妻には、大学卒業後も長くおつきあいいただいていた。しかし、今はもうみなさま鬼籍に入られた。私自身も谷崎研究からは遠ざかっていたが、数年前、日本近代文学館で谷崎展が開催された折、何十年ぶりかで渡辺たをりさんと交流させていただくきっかけを得ることができた。千萬子さんが機会をつくってくださり、当時大学生で東京に住んでおられたたをりさんに初めてお会いしたときのことをよく覚えている。池袋の地下一階のウエストサイドという喫茶店に現れたたをりさんは、編み物上手で谷崎の手袋も編んでおられた千萬子さんお手製のカラフルなポシェットをさげていられた。

私は鎌倉小町通りにある玩具店を営んでいるが、かつて当店オリジナル・スカ色115系プラレールを販売したことがある。通勤通学のほか、湘南方面のデートにと、数々の思い出を運んだ横須賀線の車両なので、多くの人に「作ってくれてありがとう」と感謝の言葉をかけていただいた。主人と初めて出会った日、自宅へ送ってくれるその旧横須賀線車中で、私も読んでいない「谷崎源氏」を完読していると聞いて驚き、会話がはずみ結婚に至った。そのことを松子夫人にご報告したところ「谷崎も縁につながるようすで他人事には思はれません」（本書一七〇頁、筆者宛書簡）と言ってくださった。

また千萬子さんには、若気の至りでどんな質問を書き送ったのか、「お申し越しの件は余りにテーマーが大きすぎて書くにしては大へんなのです」（本書一八〇頁、筆者宛葉書）とのお返事をいただいた。

谷崎潤一郎研究を通して出会ったかたがたからは、身に余るご厚意を頂戴した。いただいたお便りや資料はずっと大切に保管してきたが、私自身も古希を過ぎ、私の死後に散逸してしまうのはしのびなく思われ出版を決意した。準備を進めるなかで、鎌倉にお住まいの酒井家のご親戚を通して、酒井義夫ご夫妻の長女田中眞知子さんとも連絡がつき、親しくさせていただいている。

みなさまからのお便りはこうして手元に残っているが、私の投函した手紙の控えがないのが悔やまれる。今なら写真でもコピーでも簡単に記録が残せるのに、まったくないのが残念です。

谷崎禮讃　目次

本書のなりたち

本書は、昭和四十九年、京都、神戸の谷崎の旧居等を取材し書きあげた大学卒業論文を土台に、長年をかけておこなってきた谷崎潤一郎研究をまとめたものである。

文中の谷崎作品は、大学生当時に愛読していた、一般に新書版と呼ばれる『谷崎潤一郎全集』（全三十巻、中央公論社、昭和三十二―三十四年）を主な出典とし、本文中ではこの全集を『全集新書版』と略記した。書簡や一部の作品については『谷崎潤一郎全集』（全二十八巻、中央公論社、昭和四十一―四十五年）を出典とし本文中では『全集』と略記した。

写真・図版提供　筆者

ただし、一六〇頁・資料編　山口徹撮影

第一章　震災、そして松子夫人との結婚へ

要法寺での暮らし

……自慢ではないが私も實に轉居癖があつて……此の癖は親父の代からなのだが、私の代になつてからは一層激しく、……つまり初めて世帯を持つてから約三十年間に二十八回動いてゐる勘定で、短い時は一二箇月しかゐなかつたことも二三度はある。

（「「潺湲亭」のことその他」『全集新書版』第二十八巻、一九一—一九二頁）

ここ要法寺内での暮らしは、転居を重ねた谷崎の、期間の短い地の一つで一ヵ月程のことである。書簡を収録する『全集』第二十四巻を見ても、ここから発信された書簡は見あたらない。しかし、震災後の世の中のまだ落ち着かないときであったのにもかかわらず、当時記者だった川口松太郎がこの家を訪れている。

考へてみると、自分が攝津の岡本の里に住まうなどとは夢にも思ひ寄らなかつたことで、地震でもなかつたらこんな廻り合せにはならなかつたらうに、緣と云ふものは不思議な氣がする。尤も青年時代から一度は京都に住んでみたいと云ふ希望があり、地震後最初に家を持つたのは洛北等持院のマキノ・スタヂオの近くであつた。大正十二年の九月、十月、十一月の半ばごろ迄そこにゐて、それから東山三條の要法寺と云ふ寺の境内に移つた。此の寺は「花洛名所圖繪」にも出てゐる日蓮宗の本山で、その寺中の一軒が廢寺になつてゐたところから、それをそつくり借りて住んだので、家のまん中に本尊を安置した内陣や須彌壇の痕などが殘つてをり、さすがに住み心地は落ち着いてゐたけれど、何をいふにも京都の冬は底冷が堪へがたく、加ふるに東山寄りは朝日の當り方がおそいとかで、それでなくても體質が弱く、地震から此方すつかり神經質になつた娘が、忽ち流感にかかつたので、とうとうその年の暮に京都を引き上げて苦樂園へ逃げ出してしまつた。岡本へ來たのは、明くる年の四月初め、名物の梅が散りかけた時分であつた。

（「岡本にて」『全集新書版』第三十巻、一五頁）

野村尚吾『伝記谷崎潤一郎』（六興出版、昭和四十七年）を見ると、ここへは、『大阪朝日新聞』記者の世話で入ったと書いてある。『大阪朝日』への寄稿は、「懺悔話」（大正四年一月）、対話劇「仮装会の後」（大正七年一月）、「美食倶楽部」（大正八年一～二月）、随筆「支那の料理」（大正八年十月）、「天鵞絨の夢」（大正八年十一～十二月）があり、震災の年九月には談話「手記」を書いている。そして、翌大正十三年には、「痴人の愛」を連載したが、三月二十日から六月十四日まで八十七回目をもって中止のやむなきに至っている。社の意向と折合わなかったわけで、他誌『女性』誌上をもって作品は完結された。しかし、これで社との縁が切れたわけではなく、後年、「黒白」や「乱菊物語」なども、

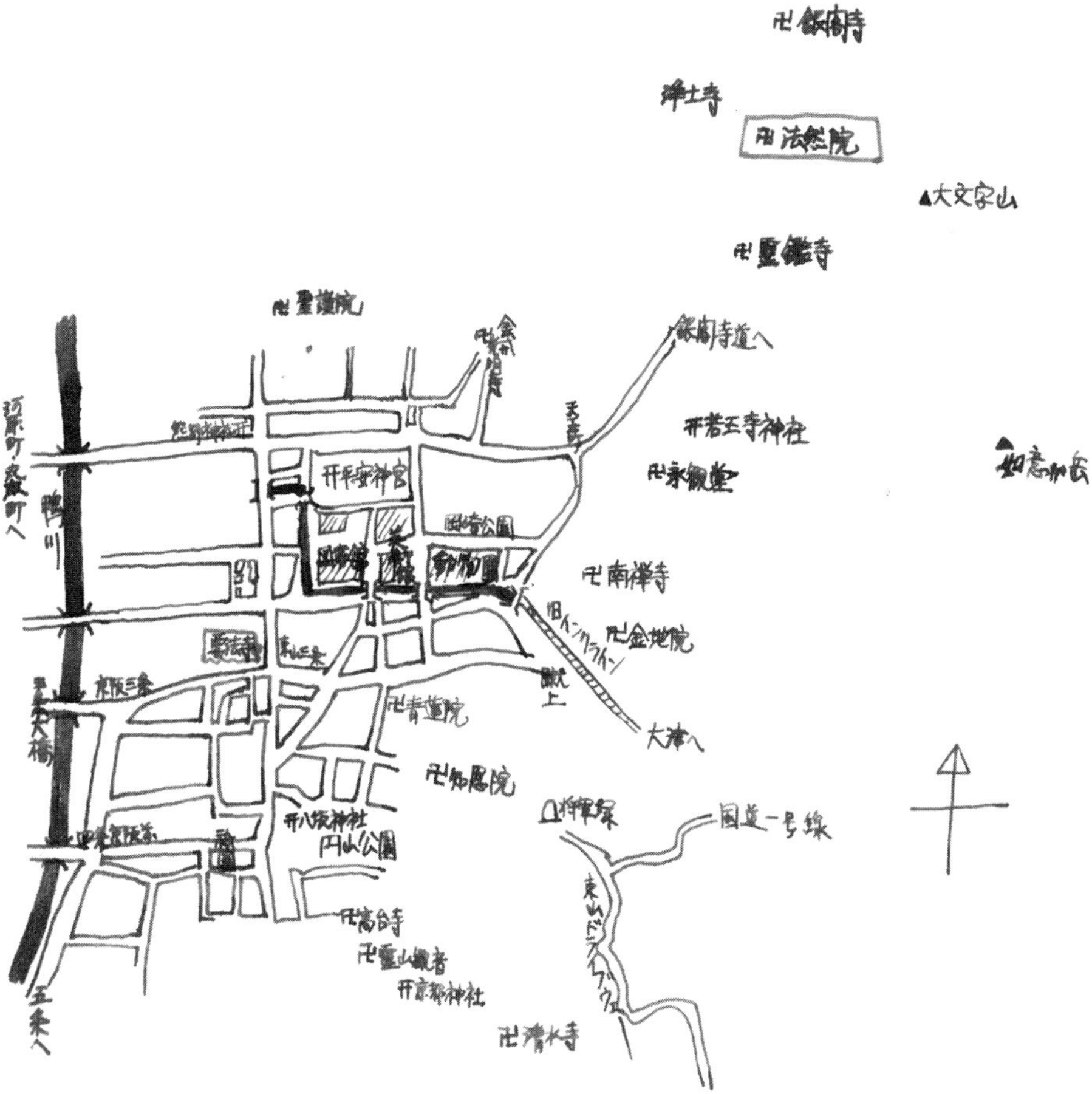
銀閣寺
浄土寺
法然院
大文字山
霊鑑寺
聖護院
銀閣寺道へ
若王子神社
永観堂
平安神宮
岡崎公園
動物園
南禅寺
旧インクライン
金地院
蹴上
大津へ
要法寺
京阪三条
三条大橋
青蓮院
知恩院
将軍塚
国道一号線
八坂神社
円山公園
高台寺
霊山観音
清水寺
鴨川
五条へ

京都東山と要法寺

同社へ寄稿されている。

何しろ要法寺は滞在期間が短かく、ここで作品化されたものは一つもない。ただ、時期的に「痴人の愛」に取り組んでいたことは確かである。

昭和四十九年の筆者訪問時、この家には宮下傳三郎氏が住んでいらした。引用した「岡本にて」には「寺中の一軒が廢寺になつてゐたところから」とあるが、宮下氏は、「本堂の後ろに家が四軒並んでいるが、この家はその一番左端で、ここには代々、俗人が借家し、住職がいないのでこういったのだろう」とおっしゃっていた。住所は、「〒六〇六　京都市左京区新高倉通孫橋法皇寺町」となっていた。そして、「三条の十字屋という楽器屋の二階で、ダンスができるようになった頃なので、谷崎氏はよくいらしたようだ」とも言っておられた。この寺は、一名「松の寺」とも呼ばれたくらいみごとな松に囲まれており、この家の庭(門を入って左(南西)側)には、桜、もみじ等もあり、風情のあるところであったそうだ。

中河與一は「探美の夜」を『主婦と生活』に連載する際、挿画の田代光とともにここへ来られ、田代はスケッチもしていたとのことである。

ここでの生活は、引用した「岡本にて」より川口松太郎の観察の方が、当時を如実に物語っている。

……大阪へ逃げ出した私は、プラトン社に採用され、『女性』と『苦楽』の編集記者になって、京都へ難中の先生御一家を訪ねた。

お寺の離れのような場所へ、家族全部が雑居していて、先生も奥さんも鮎子ちゃんもおせいちゃん（千代子夫人の妹で葉山三千子という女優）も終ちゃん（先生の末弟）も、秋陽のよく当る縁側へ集って、何やら笑い興じているところへぶつかった。玄関からではなく、いきなり庭から入って行くような離れで、広い縁側へ陽なたぼっこをしているように、御一家全員が集っていらっしゃる。……きゃっきゃっと笑い興じる空気は、焼け出された避難民の陰気さがなく、むしろ焼けたことを面白がっているかのように笑い転げている。……調子っ外れの清元がおかしいといって、笑い転げているのだった。

ひとしきり、地震の話に花が咲いたあと、プラトン社の用向きをいい出したが、相手にもされず、「みんな無事に生き残ったんだから、うまいものを食いに行こうよ」といい出し、御一家に私をも加え、瓢亭へ連れて行って下すった。作家らしい臭みがまるでなく、芸術家とか、文士とかいう概念からもはるかに遠く、作品の話をするとテレ臭そうな顔をしていらっしゃる。……

私の記憶に誤りがなければ、震災で焼け出された京都の仮住居が、先生御一家の最もなごやかな一時期であったと思う。本牧のお宅でも先生御夫婦の間はしっくり行かなかったように見え、先生の御在宅は稀で、いつ行っても奥さんと鮎子ちゃんだけ。先生にお目にかかれないのが不満でもあり、気楽のようでもあり、不思議な御家庭と感じたが、深いことは判らなかった。それが京都の避難生活では、一家が団欒して、明るく楽しげだったが、間もなく岡本の洋館へお移りになり、御家族別居の冷たさに変ってしまった。

（川口松太郎「文豪よもやま」『中央公論』特集・谷崎潤一郎追悼、昭和四十年十月特大号、中央公論社、二七一—二七二頁）

たわいもないことに打ち興じていられ、天災によってもたらされた生活難に微塵も動じない谷崎がここにある。といっても、決して、彼は楽天的なのではない。ことに当たっては、実に沈着である。

「……」と、書生の機転を語って居られたが、その実、先生も京都で関東の大震災を聞かれると、直ちに大阪に飛んで毎日新聞社と小説の契約をし、その前金を懐にして上京されたのだ。家族が全部無事だとは思わなかったが、一人でも残ってくれたらと念じながら、僕の家へ直行されたそうで、僕は先生の用意周到ぶりに感じ入ったのだ。あの際は水いっぱいが金に換えられたし、握り飯一つで若い女の子が抱けたと嘘のような話が伝わり、何ごとによらず先立つものは金だったのに、先生はその用意をして来られたのだった。

（今東光「師」同前、三一〇頁）

このエピソードも、それを物語る一つである。六甲の風水害のときもそうで、子どもが学校へ行くのを差し控えさせて、家族ともども我が身を危険にさらさず、資料を基に、あの場面を記述している。何ごとによらず洞察力のあった方だということは、『倚松庵の夢』の中で松子夫人も語っている。悟っているというか、『方丈記』を著した鴨長明には及ばずとも、ものに対する執着は少ない。家財を失ったのは、このときばかりに限らず、戦中、罹災しても愚痴るようなことはなかった。

要法寺山門　昭和 49 年撮影

……私は又、人はどんなに悲しい時でもそれと全く反對な嬉しいことや、明るいことや、滑稽なことを考へるものであるやうに感じる。なぜなら私は、かの大震災の折、自分が助かつたと思つた刹那横濱にある妻子の安否を氣遣つたけれども、殆んど同じ瞬間に「しめた、これで東京がよくなるぞ」と云ふ歡喜が湧いて來るのを、如何ともし難かつたのである。私は前にも云ふやうに、火に包まれて逃げまどふ妻子の身の上を案じながら小涌谷まで歩いたのであつたが、しかしその間も、此の「しめた」と云ふ考へが一方に存在してゐて、時々それで頭の中が一杯になり、悲しい想像や心配を忘れさせてしまふ數分間、或ひは數秒間があつた。陰鬱な雲の間から急に日が洩れてあたりを明るくするやうに、その考へは私の前途に希望を投げ、私を勇躍抃舞《べんぶ》させた。

（「東京をおもふ」『全集新書版』第二十二巻、一五二頁）

昭和九年一月号から四月号にわたって『中央公論』に連載された随筆を見ると、当時の彼の心境が伺える。家族全員無事の喜びにひたり、未来の東京に夢をはせている谷崎の心のはずみが一家に反映し、団らんのなごやかさがあったのであろう。先に引用した川口松太郎の訪問記録は、谷崎その人をも、また一家の状況をも、よく物語っている。

どこにも記載されてはいないが、当時女優となっていた千代夫人の妹せい子氏も同居していたので、京都には撮影所がいくつもある関係上、その方面の出入りもこの家にあったのではないかと思われる。ここへ移る前に住んでいた等持院は、大正活映で育った俳優達が多く、マキノキネマで働いていたため、その近辺を捜してくれて入居したのである。同じ京都市内のことなので、彼らとの交友も、勿論続いていたであろう。

「陰翳禮讃」前後

昭和五年八月、谷崎は千代夫人と離婚すると、一年後の六年四月には、古川丁未子さんと再婚した。しかし、それもつかの間、七年十二月には別居し、翌八年五月には、彼女とも離婚している。

……一生あなた様に御仕へ申すことが出來ましたらたとひそのために身を亡ぼしてもそれか《ママ》私には無上の幸福でございます、はじめて御目にかゝりました日からぼんやりさう感じてをりましたが殊に此の四五年來はあな《ママ》様の御蔭にて自分の藝術の行きつまりが開けて來たやうに思ひます、私には崇拜する高貴の女性か《ママ》なければ思ふやうに創作か《ママ》出來ないのでごさ《ママ》いますがそれがやう〱今日になつて始めてさう云ふ御方様にめぐり合ふことか《ママ》出來たのでございます　實は去年の「盲目物語」なども始終あなた様の事を念頭に置き自分は盲目の按摩のつもりで書きました、今後あなた様の御蔭にて私の藝術の境地はきつと豊富になることゝ存じます、たとひ離れてをりましてもあなた様のことさへ思つてをりましたらそれで私には無限の創作力が湧いて參ります

（書簡「昭和七年九月二日、根津御奥様宛封書」『全集』第二十四巻、二九五頁）

谷崎と松子夫人との出合いは、芥川を介在し、昭和二年大阪でのことである。当初から、好ましい、理想の婦人として谷崎の目に映ったことは否定できないが、千代夫人との離婚の直接原因は、もっと別の所にあったと思われる。しかし、新婚早々の丁未子同伴での高野山滞在中に執筆した「盲目物語」が、実は松子を念頭に置いてのものであったとしては、この二人の破局は、最初から目に見えていたといえる。

……私は今後少しにても　　御寮人様にちなんだことより外何も書けなくなつてしまひさうでご

ざります、しかし　　御寮人様の御ことならば一生書いても書きゝれないほどでござりまして今迄とはちがつた力が加はつて參り不思議にも筆が進むのでござります、全く此の頃のやうに仕事が出來ますのも　　御寮人様の御蔭とぞんじ伏し拜んでをります、いづれ時機がまゐりましたらば自分の何年以後の作品には悉く御寮人様のいきがかゝつてゐるのだといふことを世間に發表してやらうと存じます

（書簡「昭和七年十一月八日、松子御寮人様宛封書」『全集』第二十四巻、三〇一頁）

そして、後年、次のように記している。

友人たちには薄情な仕打ちをしたけれども、新しい家庭の刺戟で私の創作熱は俄然旺盛になつた。M子との結婚を發表する以前、人目を避けつゝこつそり逢つてゐた頃から、――いや、それ以前、根津家に出入りして根津夫人としての彼女と交際を許されてゐた頃から、旣に私の書くものは少しづゝ彼女の影響下にあつたに違ひなく、「盲目物語」や「武州公秘話」などにその兆しが見えるゐる（中央公論社出版の盲目物語の最初の單行本の題簽を、私は根津時代の彼女に揮毫して貰つてゐる）。だが明瞭に彼女を頭の中に置いて書いたのは「蘆刈」であつた。次いで「春琴抄」を書いた時にもまだ公然と同棲してはゐなかつた。M子の父の安松が、嘗て高雄の神護寺の寺中に一建立で建てた地藏院と云ふ尼寺があつた。M子は私を伴つてその尼寺に十日ばかり匿まつて貰つたことがあつたが、私はその間にあの作品の大部分を脱稿したのであつた。

（谷崎潤一郎『雪後庵夜話』中央公論社、昭和四十二年、二五頁）

ここに挙げられた作品の初出は以下のようになる。

「盲目物語」『中央公論』昭和六年九月号

「武州公秘話」『新青年』昭和六年十月号・十一月号、昭和七年一月号・二月号・四月〜十一月号

「蘆刈」『改造』昭和七年十一月号・十二月号

「春琴抄」『中央公論』昭和八年六月号

彼女がいてはじめて創作熱がわいたこと、そして、「私は、原稿を書きますのも御奉公の一つと考へ」（書簡「昭和八年六月十七日、松子御寮人様宛封書」『全集』第二十四巻、三〇九頁）ていた姿勢が、書簡では切々と語られ、訴えかけられる。作品の背景としてくりひろげられたものが、表出している。ところが、ここで一つ、留意しておかなければならないことがある。

……外のことは兎も角も私の心がぐらついてゐると仰つしやいましたことだけは思ひちがひを遊ばしていらつしやいます、それだけはどうぞ御了解遊ばして下さいまし、……

……きつと〳〵御氣に入りますやうに御奉公いたします、その代わりどうぞ〳〵あの誤解だけは御改め遊ばして下さいまし、外のことならば我が儘を遊ばせば遊ばすだけ、私になさけをかけて下さるのだと思つて、有難涙がこぼれる程に存じます、……

（書簡「昭和七年十月七日、根津御奥様宛封書」『全集』第二十四巻、二九八頁）

この如く、絶対的忠誠を誓っていたにもかかわらず、別の志向が一方にあったことを昭和十七年「初昔」の中で回顧している。丁未子夫人と別れ、独身生活に返っていたときのことである。

……ところが今では日常自分のゐる所を禪院のやうに清潔簡素にして置くのが理想になつて、眼通りに一つでも餘計な物が轉がつてゐるのを嫌ひ、見るから清々しい部屋の中に机を据ゑて端坐する、そして靜かに香を焚いて、庭の蟲の音でも聽いてゐる、と云ふ風な生活がひどく慕はしいものに思へるやうになつた。

○

これも矢張その時分のこと、或る日松女が訪ねて來て書齋で暫く話をして歸つて行つたあとで、机の脇の紙屑籠の中に一筋の長い髮の毛が落ちてゐるのを發見して、何だか急に室内の空氣が濁つたやうに感じたことがあつた。彼女には濟まない譯だけれども、その時私は我知らず溜息をついて考へ込んでしまつた。

（「初昔」『全集新書版』第二十三巻、一二七頁）

創作ではなく、随想の中で述べていることなので、そのままに受け取って良いであろう。ものの感じ方、とらえ方が、当時の彼を如実に物語っている。恋人の髪の毛一筋をもゆるがせにしない潔癖な、研ぎすまされた美意識及び清貧な生活態度に、注目すべきである。

ここ数年来、さまざまな日本人論が書かれ反響を呼んだが、中に、日本人の美意識を問い直し、論考したものがある。日本伝統美の系譜を語るなら、燦然とした輝きをはなつ「陰翳禮讃」をぬきにはできない。掲載されたのは、昭和八年十二月号と翌九年一月号、『経済往来』誌上である。

その時分、今の松女が時折訪ねて來て　歸つて行つたあとの家の中の空虚な静かさに、私はひとしきり耳を澄ますことがあつた。――と云ふよりは、その静かさが私を吸ひ込むやうに感じる一《ひと》時《とき》があつた。家は廣くはないのだけれども、私の外には女中が一人ゐるきりであるから、女客が歸つてから暫くの間、しんとして何の音もしない。實にかう云ふ静かさは私には久し振なのである。いや始めてと云つた方がよいかも知れない。五十年に垂《なんな》んとする長い過去を振り返つてみても、自分以外に家族が一人もないと云ふ所帯暮しは、まだ經驗したことがなかつた筈である。私はその空虚の中で、自分ひとりぽつねんとすわつてゐる部屋の中を、――床の間を、違ひ棚を、食卓を、障子の棧を、畳の目を、――しみ〴〵見廻したものだつた。と、たとへばそこに置かれてゐる一枚の座布團、盆の上の湯呑茶碗急須と云つたやうなものなどが、繪に書いた静物のやうな落ち着きと鮮明さとを以て眼に沁み込んで來るのであつた。

（「初昔」同前、一二〇―一二一頁）

時期的にこの独身生活がもたらしたものが、彼の審美眼に大きな影響を与えたということは、この記述からも明瞭である。しかし、彼の自覚はそうであっても、基盤は、それ以前、関西へ移転してからその時までの間に培われ、しかも、その潜在意識が作品の上に既に表出されていることを見のがしてはならない。関西に来てからは、なぜか、寺社への滞在が多い。等持院、要法寺、高野山泰雲院、高雄神護寺の地蔵院という尼寺等である。自らそうしたという他に、人の紹介でそこに入った場合もあるが、この期の古典への傾斜とも考え合わせると、切り離しては考えられない。そして、「陰翳禮讃」では、これら寺社での見聞が、確かにものをいっている。ただ、そのときは家族づれであったし、彼自身も、あえて目をとめようとはしていなかっただけなのである。

もとをただせば、「陰翳禮讃」を生み出す素地は、初期から内在していたようにも、私には思えてならない。

物を書くのに、絵画からインスピレーションを感受する人と、音楽からイマジネーションの涌く人と二通りあるようだが、自分は音楽から受ける方だ、と言っていた。

（谷崎松子「谷崎の趣味」『谷崎潤一郎文庫』第五巻付録月報七、六興出版、昭和五十年）

自らいい切るごとく、彼はまさに創造を重んじる作家である。だから、初期に探偵小説様のものを書いてもいるし、また、好んでワイルドやポーのものを読み、学んだのである。彼らの持味である狂気・恐怖・陰鬱・荘重・美・詩的・感覚的・纖細・絢爛豪華……等。

これらのものに魅せられたとともに、探偵小説特有の暗示的なところ、そして、読む場合に、さらに自分が書く場合にはなおさら、先にあるものを超越するには、より高度で独創的な創造力が要求されるのである。イマジネーションのタイプの谷崎が探偵小説傾倒時代を経たことはうなずける。初期の作品において、日本的体裁の影に外国文学の残影が覗かれるゆえんは、ここにある。しだいに探偵小説から離れていった彼ではあるが、小さな限られた糸口をときほぐす興味、その先に広がる、より大きなしかも意表をついた世界を用意しておく楽しみ、読む者にも、その空想力、創造力を要する。しかも、あかせないで読み通させられる、筋のある小説を書いていこうという姿勢は、持続していった。

それが、最初はエキゾチックなものへの志向であり、あるいは、読む者の意表をつくことに専念し、新奇なものをあさり、驚愕させるようなものを提示するようなところがあったが、古典趣味に親しんでから作風に変化が現れて来た。中期に描かれた女性は、茫洋としたところがある。彼女がヒロインに据えられていても、実在感は乏しい。「陰翳禮讃」にある陰翳の世界に住む、闇の奥に籠る女人の観がある。古典文学の一つの形式であるところの朧化表現を、ただ転用したというのではなく、彼はこの中に、彼自身のイマジネーションの最良の効果法を見出したのである。彼の朧化法は徹底していて、女人の顔も声すらもおし隠してしまって、読む者にイマジネーションの余地を十分与えているうちに、言外のろうたけた美を描き出している。

この手法は、「細雪」執筆後に書かれた「少将滋幹の母」にもみられる。しかし、もしも谷崎が松子夫人と結ばれないで、この独身生活を終生続けていたら、枯淡な境地を開き、今、自覚した陰翳禮讃の美意識が、さらに浄化された形で、真の作品化がなされたかも知れない。

……その一つ〳〵の音色に不思議に物哀れな甘さがある。私はどうかすると一時間も二時間も、外の事が手につかないで、さう云ふ家の中の静寂に魅了されてゐることがあつたが、そんな時に必ず思ふのは、此の物静かな獨身生活の味も捨て難いと云ふことゝ、こゝに再び細君を迎へれば此の清潔で透明な家の空氣は掻き亂されてしまふのだが、それも惜しいではないかと云ふこと、――そして、新しい人を思慕する心も强い一方に、たま〳〵得られた今の獨身生活を愛惜する念も、相應に執拗なのであつた。事實、後添ひを貰ふことはいつでも出來るが、此の歳になつて偶然到達した現在の此の孤獨は、さう〳〵誰もが容易に得られるものではなく、又一度それを手放したら、もう私の一生のうちに戻つて來る可能性はない。

（「初昔」同前、一二一頁）

このように言い、そしてさらに、次のようにも書く。

事情がこゝまで押し進められて來て、今更そんなことが有り得よう筈はないけれども、假りに彼女との話が不縁に終り、これから一生獨身で過すやうなことになつた場合を考へてみると、私には又、その時はその時であゝもして暮せる、かうもして暮せる、と云ふ風に、いろ〳〵な生活の設計が浮かんで來、いくらでも獨りで樂しく生きて行ける方法があるやうに思へた。

（「初音」同前、一二八頁）

されば私は、さしあたり彼女を後添ひに貰ふためにはそれらの夢を皆放棄しなければならなかった。

（「初昔」同前、一三三頁）

こういう気持の変遷を経て、松子との結婚生活に入ったのである。そして、倚松庵にいる間中もずっと、例えば、「……むしろ、渡邊家や森田家の方〻にせい〴〵利用して頂く事を望みます」（書簡「昭和十七年三月二十一日、谷崎松子様宛封書」『全集』第二十四巻、三九三頁）のように、彼女達の家風に合わせ、その中で佐助的生活をとったのである。

次章で倚松庵でのことを述べるが、その前の段階で、谷崎自身の「陰翳禮讃」との訣別を考慮に入れる必要性があることを指摘しておきたい。

第二章　倚松庵と谷崎の作品世界

住吉川の風情

住吉川は天井川であるがゆえに、一度川の水が氾濫すると、惨憺たる被害をもたらすことになる。「細雪」中巻四章から十章まで、大洪水の有様がまざまざと描き出されている。これは、昭和十三年七月五日のことである。川が上流でせき止められ、水はすべて両岸へ流れ出てしまったので、堤防の上の谷崎家は無事であった。堀が深く、川に並行して左右に舗装道路が続いているのが見られる。これは歩道ではなく、臨海工業地帯をつくるためのユニークな発案により設けられたもので、埋立に用する土砂を運ぶ、一方が上り一方が下りの、トラック専用道路なのである。これで六甲と海岸地帯とが結ばれている。（付記埋立工事が完了した昭和四十九年六月、その道路は遊歩道に変身し、「清流の道」の愛称で親しまれるようになった。そして

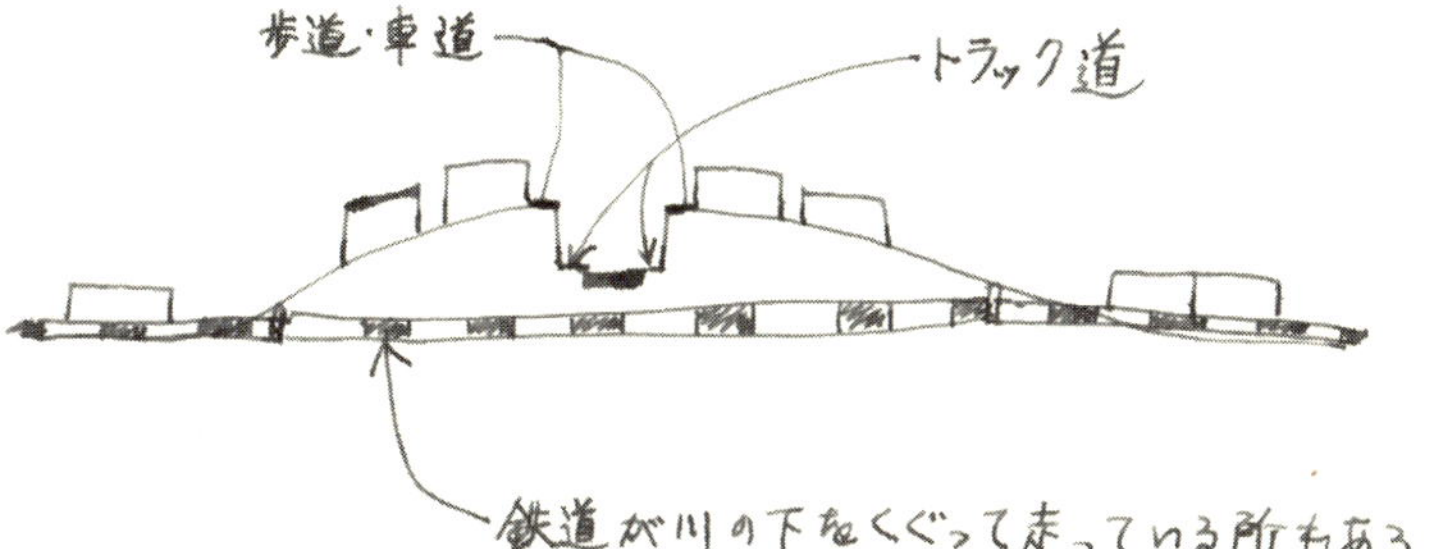

住吉川地形断面図

現在は、マリンパークまで六甲アイランド線、愛称「六甲ライナー」が走行。上り魚崎―住吉間と下り南魚崎―魚崎間は、住民のプライバシー保護のため特殊な雲り窓ガラスが採用されている。）

海岸といえば、阪神魚崎駅のちょっと向こうは、昔はすぐ海だったので、谷崎家のあたりでも二階にのぼれば窓から海がよく見渡せ、昭和三十五、三十六年頃までは、そこで泳ぐこともできたそうである。上の写真は、昭和四十九年十月二十三日に撮影したもので、コンクリートで整備された隙間から秋草が顔を出し黄色い花をつけているが、昔は月見草が咲いていたり、もっと風情があったそうである。

この反高林の家に移る前から「倚松庵」と号していた。たしかにこの辺には見事な松が、家の周囲に亭々としていたこともあったがやはり夫人の「松子」にちなんでの命名だったのである。そのころの作に「倚松庵十首」がある。

うつりきてわれはすむなりすみよしのつゝみのまつのつゆしけきもと

以下、松を詠みこんだ和歌十首があり、夫人への愛着の深さがよくうかがえる。

（野村尚吾『谷崎潤一郎　風土と文学』中央公論社、昭和四十八年、一四〇頁）

写真からもわかるが、松の多いところである。風致地区に指定されたため、やたらに切ったり出来ないので、面影をとどめている。

住吉川にかかる反高橋より北方をのぞむ。昭和 49 年撮影

同じく反高橋より南方をのぞむ。川の左右岸にトラック道が走り、
土手の上が歩道、車道。昭和 49 年撮影

磊吉が二度目の妻と始めて世帯を持ちましたのは、彼の數へ年が五十歳、妻が三十三歳の時、昭和十年の秋でした。あの邊は現在どう云ふ風になつてをりますかな、今は神戸市の東灘區に編入されてゐるやうですが、當時は兵庫縣武庫郡の住吉村反高林《たんたかばやし》と云つてをりました。住吉村と、その東の魚崎町との間を住吉川が流れてをりまして、反高橋と云ふ橋がかゝつてをりましたが、千倉家はその橋の袂から五六軒川下へ行つた堤防の上にございました。家族は主人の磊吉と、妻の讃《さん》子と七つになる妻の連れ子で後に千倉家へ籍を入れました睦《むつ》子と、妻の妹の鳰《にほ》子との四人暮らしで、ほかに女中が少い時で二三人、多い時で五六人ぐらゐはいつもゐました。

（谷崎潤一郎『台所太平記』中央公論社、昭和三十八年、五―六頁）

フィクションではあるが、家の所在は倚松庵を指している。そして、そこでの生活は、これよりも「細雪」に詳しく、かなり事実にそくして記されている。

倚松庵のつくり

倚松庵は借家である。家主の後藤家は、他に、谷崎家の北隣にある楢崎家、南隣のシュルンボン家、診療所をも含む広い地所を持っていた。谷崎家のところだけでも二百坪位ある。しだいに窮之してきて、貸したり切り売りしていったとき、その一つに谷崎が入ったわけである。

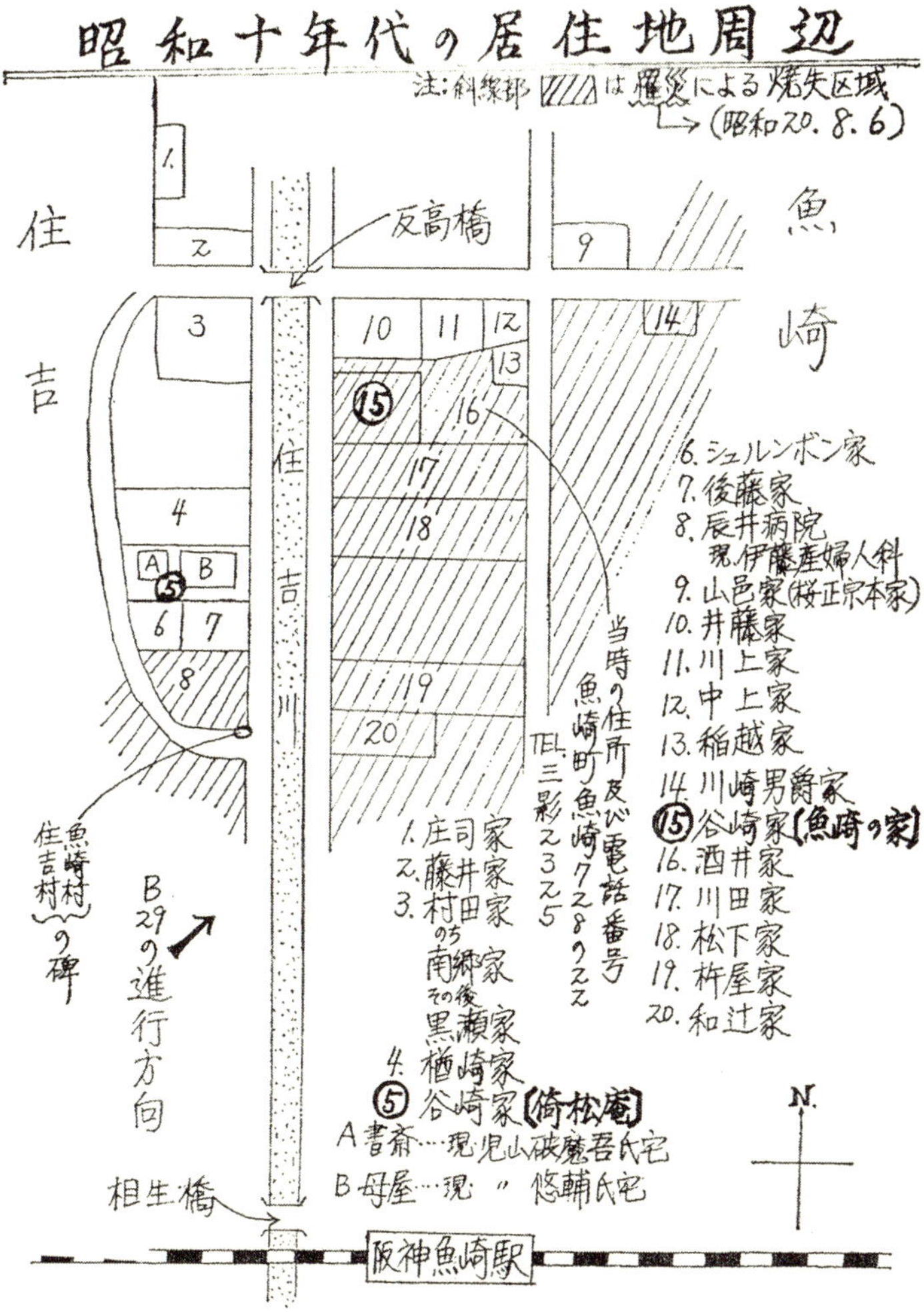

昭和 49 年取材時に描いた倚松庵周辺地図

倚松庵庭から母屋をのぞむ

倚松庵入り口の門扉

倚松庵母屋

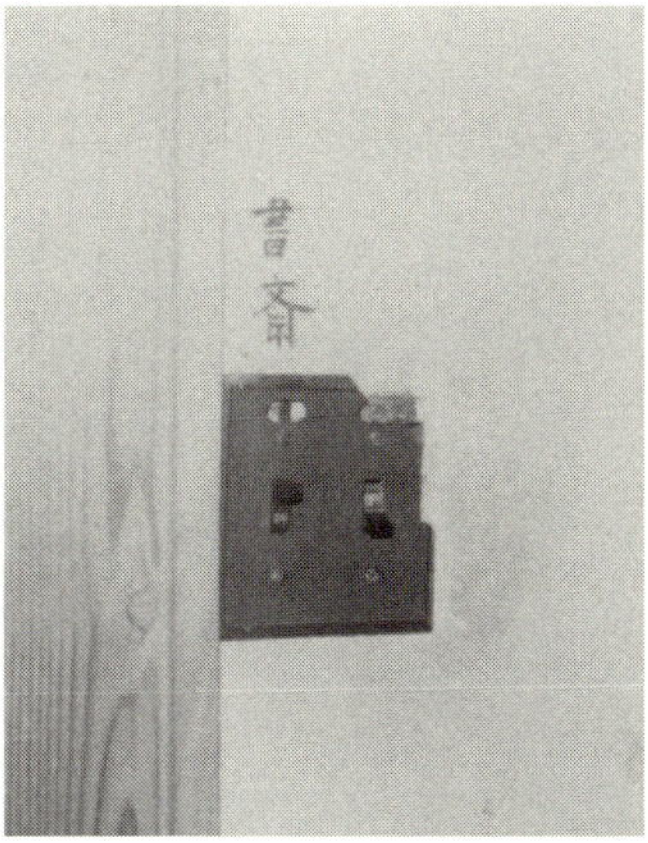

書斎上り口に書かれた文字

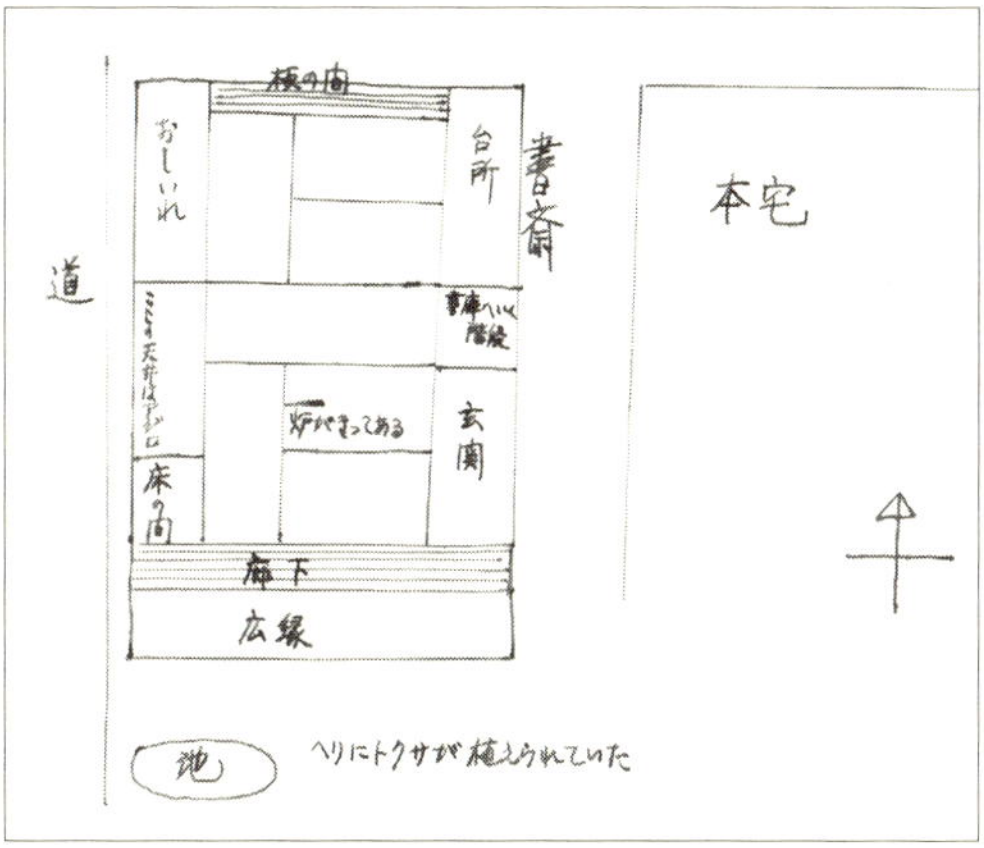

書斎一階間取り図

別棟書斎内部、四畳半と三畳とをしきる欄間。額は取材時の住人がかけたもの

家主の奥さんは長州出身で、兵庫県出身の作家平野零児（明治三十年―昭和三十六年）の親戚にあたる方で、御主人はベルギー系の方である。後に三影の方へ移ってしまわれたそうだが、当時は隣の西洋館に住んでおり、その半分を又貸しに出し、そこに入って来たのが、ドイツ人一家シュルンボン家である。「細雪」には、後藤家が佐藤家、シュルンボン家がシュトルツ家として登場する。

倚松庵は、この後藤家で建て、もともと住んでおられた家なので、外観は日本家屋のようだが、内部のつくりに西洋趣味が窺われるところもある。おし入れが少なく、これだけの構えなのに本床がない。そして、玄関を入るとすぐ左の応接間に通じるドアにはステンド・グラスがはめこまれており、内には、あまり大きくないが、マントルピースが備え付けられている。昭和四十九年取材時に住んでいらした児山破魔吾夫妻では、その前に本箱を置いてしまっていたが、「谷崎さんでは使用していらしたようですよ」とおっしゃられた。煙突が二階のおし入れの中をくぐって外へ通じているので、おし入れはただでさえ少ないのに、半間の半分くらいこれにとられてしまって不便だったということだった。

庭には、「細雪」に「アヲギリギリと違ひます」「ギリは義理一遍です」（「細雪」中巻、『全集新書版』七九頁）と書かれておなじみの青桐や、大きな栴檀の木、また、谷崎が好んで植えるしだれ桜が植わっていた。谷崎も夫人も大そう気にいっていた庭であったが、戦中昭和十九年四月に訪れた谷崎が「疎開日記」の中で「嘗ては予の愛したなりしかどこれを見てはもはや何の愛着もなし」（『全集新書版』一九三頁）と嘆いている。

書斎はもとからあったものではなく、谷崎自身によって建てられた。住所は反高林一八七六の二〇三が町名変更し、筆者が訪ねて行ったときには東灘区住吉東町一丁目七の八となり、児山破魔吾夫妻が住んでおられた。

……貞之助の書齋が離れになつてゐるので、此處を取り上げられては困ると貞之助は不服を唱へたけれども、幸子が無理に承知をさせて當分書齋を母屋の方へ移して貰ひ、そこを病室に當てることにした。と云ふのは、嘗て四五年前、幸子が重い流感を患つた時にも一度使つたことがあるからなので、そこは全然別棟の、母屋から下駄で行き通ひするやうになつてゐる、六疊に三疊の次の間の附いた一と棟で、瓦斯や電熱の設備もあり、一層都合の好いことには幸子の時に水道までも取り附けて簡単な煑焚きぐらゐは出來るやうな造作はしてあるのであつた。で、貞之助が夫婦の寢室になつてゐる二階の八疊へ机や手文庫や書棚の一部などを運び、邪魔な物は納屋や押入へ片附けてしまつた跡へ、悦子が看護婦を連れて引き移つて行き、一往母屋との交通を斷つやうにはしたが、……

（「細雪」中巻、『全集新書版』二一七―二一八頁）

ここにある通り、母屋とはまったく切り離されている。実際は、六畳ではなく、四畳半（炉が切ってある）と三畳の二間に、一人でも自炊できる台所である。広縁の側に、児山氏によって洋間が増築されているが、他は原形をとどめている。玄関を入ると右に階段があり、天井の低い中二階がある。これは書庫として用いられたもので、深い棚が設けられている。上り口の左側に墨で「書斎」と書かれており、児山夫人は谷崎筆とおっしゃっていらした。しかし、写真に撮ったものを松子夫人にお見せしたところ、字体が腑におちないようで、真偽のほどはわかりかねるとおっしゃっていた。後年、市居義彬氏が魚崎近辺における谷崎転居をくまなく調べた著書『谷崎潤一郎の阪神時代』（曙文庫、昭和五十八年）の中で、谷崎筆でないことを述べている。

寝所は母屋にとってあり、ここは執筆のための所であるが、台所まで備わっているのにトイレは無く、母屋へ行きかうには下駄にいちいち履きかえねばならず、雨の日の出入りにはことに不便であったであろうと思われるが、そういう思いをしても渡り廊下などでつながらせなかったのは、気持に区切りをつけるためだったのに違いない。

前出の引用に、四、五年前幸子の病のときもここを使ったとあるが、書斎が建ったのは昭和十七年で、翌十八年夏には魚崎へ移っている。

『潤一郎訳源氏物語』二十六巻の刊行が完了したのが、昭和十六年七月で、太平洋戦争突入の五ヵ月前であった。

そのあと、『細雪』の執筆にかかったのは、翌十七年の春からである。その執筆のために、三月には熱海に行き、熱海ホテルに滞在した。阪神の倚松庵を舞台にした小説は、やはり倚松庵から離れて書く必要があったようだ。それだけでなく、翌月には熱海で家を一軒購入して、そこで本格的に仕事をつづけることになった。

（野村尚吾『伝記谷崎潤一郎』四一二頁）

せっかく建てたわけだが、別棟の書斎での仕事期間というのは、ごく短かかったといえる。「細雪」は昭和十八年一月から『中央公論』に一、二ヵ月おきに連載される予定で、その第一回が発表されたところ、軍部から太平洋戦争下には「不急不用の閑文学」であるとして圧迫が加えられ、三月まで二回掲載されただけで、以後は発表ができなかった。その二回目の終わりに、「作者云ふ、――此の小説は日支事變の起る前年、即ち昭和十一年の秋に始まり、大東亞戦争勃發の年、即ち昭和十六年の春、雪子の結婚を以て終る。……」（『全集』第二十三巻、一九一頁）と「後書」が付されているが、それは、別棟に移る前、母屋の二階の一室が書斎にあてられた時期が舞台である。登場人物にモデルがあり、しかもごくごく身近な人々であり、また、事件の展開もかなり、実際にあったことに基づいているがゆえになおさら、いざ執筆する段になった場合には、阪神を離れた所や母屋とまったく行き来の遮断が出来うる所に仕事部屋を待つ必要性があったのである。

私は私の家庭の中で別に自分だけの世界を持ち、M子たちと離れて孤立してゐた。他人から見ると、私の家庭はいかにも花やかさうに見えたであらうが、その實私はM子たちの窺ひ知らない孤立の世界を築いてゐた。M子たちもそれを認めて、その埒の中へ這入らうとはしなかつた。

（『雪後庵夜話』三五頁）

私は家庭の中にあつても妻や妻の一族に窺ひ知られない孤獨の世界を持ち、いつでも氣が向けばそこに逃げ込んで籠城し、子供が好きな人形を並べて樂しむやうに、數々の幻想の人形を並べて何人の掣肘も受けることなく自由な時を過すことが出來るのは、ひとり小說家のみに許された特權であると考へてゐる。私はもうこの孤獨の世界から、一歩も外へ歩み出さうとは考へない。

（同前、五〇頁）

以上の言葉から、その心境は明らかである。熱海に家を持ったといっても、ここを手離す気は毛頭なかった。「……決して〳〵関西がイヤになつた訳でもありませぬから余程の事態に立ち至らぬ限り一家を上げて引き移ろうなど〻考えて居りませぬ、只〻万一の場合の家族の避難所として、又冬の間のあなた様の避寒地としては絶好の所でありますし又私の仕事のためには大変よいと思つて居ります……」という手紙を当時、松子夫人宛に送っている（谷崎松子『倚松庵の夢』）。また、後に紹介する酒井家所蔵の昭和二十年の手紙（本書六一頁参照）の文面「……私共も阪神地方の住心地を忘れかねいつの日にか魚崎の旧處へ帰度と存居候……」からも、この区域での感興はまだまださめやらずにいたことが窺い知れる。事情が許せば、「細雪」執筆はここで続行されたであろう。

取材時には、酒井安太郎氏所蔵の私家版『細雪』上巻を拝見することができた。「……可笑しな事を申すやうですが創元社小林の説では一冊時價貳百圓の價値があるさうですが勿論金を取つて人に分けるつもりハありませんん時局の事もあり今暫くハあまり世間にぱつと散らさぬやうさせ度まだ嶋中氏にも送らずにありますがこれからぽつ〳〵目立たぬやうになるべく文壇關係を避けて送るつもりで居ります」（書簡「昭和十九年七月二十九日、重子御料人様宛封書」『全集』第二十四巻、四一七頁）。このよ

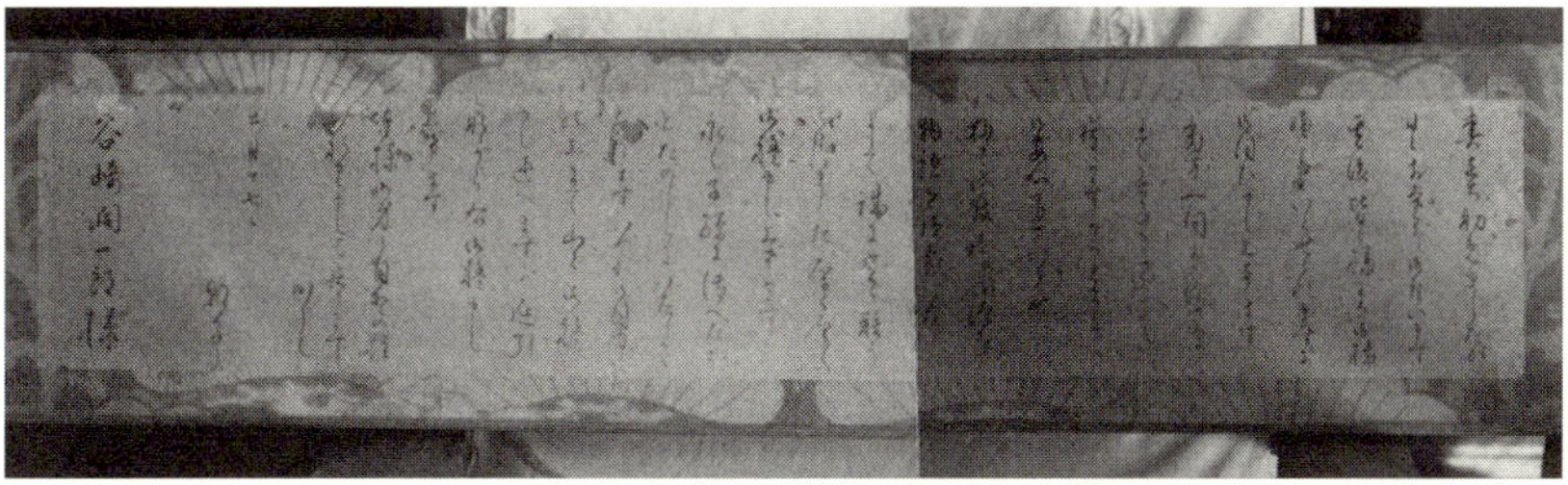

谷崎潤一郎様

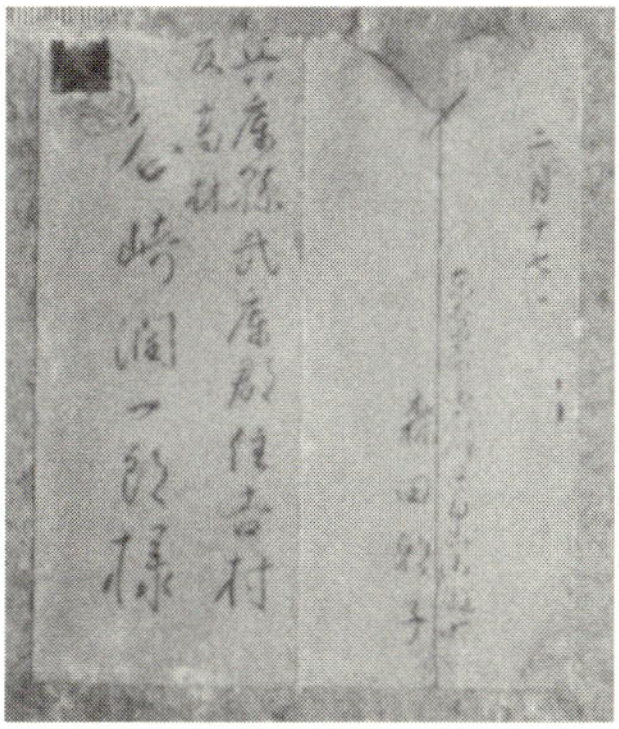

兵庫縣武庫郡住吉村

反高林

谷崎潤一郎様

二月十六日

森田朝子

児山家によって大切に保管されていた
森田朝子氏より谷崎に宛てられた書状
と封筒。昭和 14 年 2 月 17 日付

うな意向を持って贈られた中の一冊で、酒井家は焼失したがこの本は運良く免れた。所蔵はその後、酒井安太郎氏の孫田中眞知子氏の家に移されている。

また倚松庵書斎には、松子夫人の姉にあたる朝子さんから谷崎に送られた書状が保存されていた。「細雪」で東京にいる鶴子として登場している女性である。この書状の日付は昭和十四年二月十七日、引越しの際、置き忘れられたものと思われる。現在は芦屋市谷崎潤一郎記念館所蔵。文面を判読すると以下のようになった。

春立ち初免ましたが日々お寒う御座います　其後皆々様には御機嫌よくいらせられますか御伺ひ申し上げます　当方一同お蔭さまにて無事に過して居りますからどうぞ御安心下さいませ　扨て此度は（二字判読不能）源氏物語を頂戴いたしまして誠に有り難う御座いました　厚く厚く御禮申し上げます　永く子孫に伝へたいとたのしみにいたしてります　いづれ　御目もじの上にて　山々　御禮申し述べますが延引ながら右御禮申し上げます
皆様御身御自愛の程御祈り申して居ります　かしこ

倚松庵での生活

谷崎という人は、人一倍創造力の豊かな人であるが、作品化するにあたっては、実地体験に負うところ大である。

描くものゝ上では、「自分は作品の中に持ってくる女性には相当近づかないと書けない方なので、……」

（谷崎松子『倚松庵の夢』二一三頁）

谷崎自身もこういっているが、これは、モデルに限ったことではない。源氏物語に取り組んでいたときは、簾をたれこめ燈明の許で執筆をしていたと、樋口富麿画伯が語っていらした。まるで、舞台装置の中にいるようだったそうである。実生活で佐助を演じたり、感覚的であり体得的な作家の一面を物語るものがここ倚松庵にも何か発見できるかと期待して行ったところ、ステンド・グラスのはまったドアがあり、エキゾシチズムを感じさせられた。

　また隣家楢崎夫人によると、当時、倚松庵の襖に用いられていた唐紙と、昭和十七年に刊行された『初昔　きのふけふ』の表紙とは

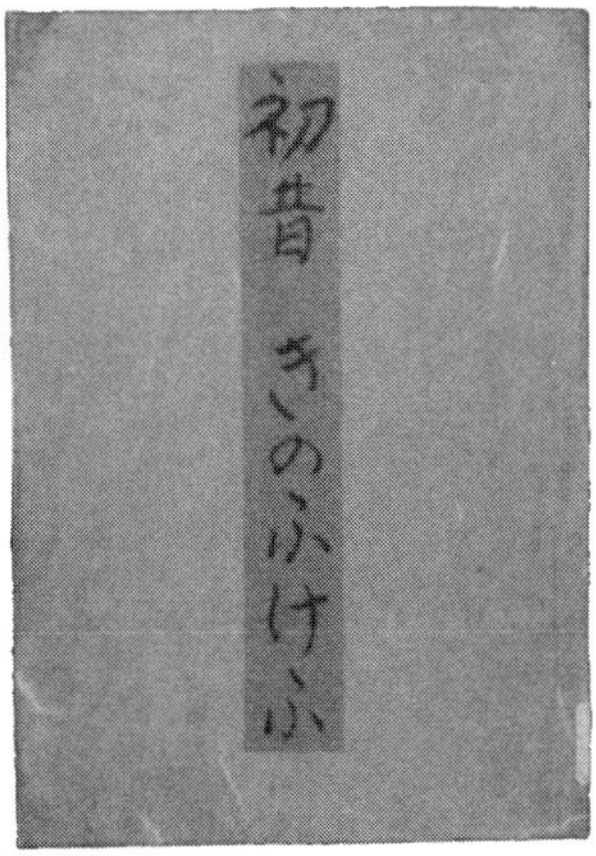

昭和 17 年創元社刊の『初昔　きのふけふ』の表紙。ねずみ色和紙に赤い題箋が貼ってある。

同じものだそうである。「初昔」は身辺記なので、この合致は、おもしろい発案だと思う。

同じく楢崎夫人の語るところによると、谷崎がつくり変えたようで、この家の便器には黒地に金・銀の蒔絵がほどこしてあり、薄べり付の畳が敷いてある立派なものであったそうで、源氏訳にあたっていた反映がそこに見出されるように思われた。

同夫人は、「細雪」中巻第三章にある、妙子の踊りの会に参列なさった。小説通り、白地に墨絵のある婚礼衣裳の上から三枚目で、信子（妙子）が踊ったそうだ。その際、同家から座蒲団を貸し出したという。また、下巻第十章に「女たちは皆、姉が黒羽二重、幸子以下の三姉妹がそれぞ〳〵少しづゝ違ふ紫系統の一越《ひとこし》縮緬、お春が古代紫の紬、という紋服姿であった」（『全集新書版』七四頁）と、法事の喪服について書いてある通りの出立にゆき合ったそうだが、女中には同じ紫でも質を下げて与え、こういうところに筋目をたてていたという。そして、夫人がその名にちなんで松をあしらった柄の着物を着ているのを、よく見かけたそうだ。普段でもまるでよそゆきのような身なりで、しかも、特注らしいぽっくりをよくはき、家事にはあたらず、家の中の指図は重子さんがとりしきっていた。特に不審に感じられたのは表札で、何枚もかかっているので、家族構成の複雑さをみてとったらしい。楢崎夫妻の記憶では、谷崎のものはかかっておらず、「森田」（重子）「根津」（清治）「木津」（恵美子、森田の母の里の姓）だったそうだ。ここに移る前、昭和十年一月に結婚したので、松子夫人も谷崎姓になり公然としたものだが、当時、文壇は勿論、笹沼源之助氏ら旧友との交際も一切絶っていたため、表札を掲げなかったと思われる。

「疎開日記」昭和十九年四月十四日をみると、家族を引きつれ熱海西山へ疎開するにあたって、近所回りをしたときのことが記されている。諸家の位置は、本書三七頁参照。客嫌い、人嫌いの傾向のあった谷崎なので、後に松子夫人にお会いした際「これらの方々との交際も、もっぱら夫人中心でしたか」と伺ったところ「当時の谷崎は、関西に溶け込みたいという気持があったため、この方達とも、気難しくなく、おつきあいをしていました」という答えが得られ、うなずけた。しかし隣組常会というのには、一度も顔を出さなかったそうだ。御屋敷町でそういうものに主人の代りに爺やをよこす家もあったが、防空演習などというと、かなりの人が参加した。それにも谷崎は一度も加わらず、松子夫人が出席した。だが、会の雰囲気がもり上がり、ぼちぼち始まるという頃になると、谷崎が女中を迎えにやり、渋々、夫人は従って帰っていった。

四月十五日、晴

……住吉驛に山口夫人、庄司若夫人、山口氏令息令嬢（悦ちゃん）庄司氏の武雄ちゃん等、見送に來てまつてゐる、山口氏の女中も來て蔭にかくれて激しく泣いてゐる……「……あなたにお別れするのが悲しくて泣いてるのよ。」と云はれる。……

（「疎開日記」『全集新書版』第三十巻、一九四頁）

それでも、住吉在住は長かったので、夫人は、他家の女中に、こんなにまで慕われるほどの交情が得られた。ふくよかでこってりした関西美人という評判と並んで、あたたかな人柄がもたらしたものである。その反面、谷崎は社会性・協調性に欠けるところがあった。ここで関西人に親しんでいこうとしたのは、自己の必要性ということが多分にあるからで、他の場合のように滞在期間が短い場合などは、土地の人情に親しむなどということはまったく考えられない。また、彼自身、そういうものを求めようとしなかった。自身で自覚しており、夫婦という最小単位においてさえ、「つまり私は結婚生活を營みながらも、永井先生（引用注　永井荷風）とは違つた一種特別な孤立主義、獨身主義を實行してるた譯である」（『雪後庵夜話』三五頁）、こう語る如くである。彼が小説家という道を選んだのは、最も適材適所にかなっていたわけだ。自己中心的なのも、人と折合っていく妥協性がないのも、強烈な個性を生かす上で、作家としての強みとなっている。しかし反対に、「私には先生のやうな反骨や社會批評の精神がない」（『雪後庵夜話』三四頁）と認めている点が、そのまま創作上でもそういう面での甘さと受けとられ、また、「……『台所太平記』は……台所から見た家庭の経済面がもっと書かれていたら、より立体的に興味深いものになったろう」（野村尚吾『伝記谷崎潤一郎』四七一頁）というような指摘を受けることにもつながってくる。

彼の書くものを、実生活にそぐわない絵空事だと思ったり、頽廃的あるいは猥褻と見下したり、カラ味（風刺）のきかないあきたらなさを指摘する人がいる。だが、ちまちまと計算高い谷崎など想像しえないし、また、魅力も感じない。こういう小説のいき方こそ谷崎であり、七十九歳で大往生をとげるまで長寿を保ち、その間半世紀に余る執筆を続け、その人自身に変遷があり、既成概念で決めつけたり狭義な見方で推し計れる人物でないことは、是非ともいっておきたい。

経済観念がないといえば、年中借金に追われていたり、身分不相応な邸を建て、維持しきれずすぐ手離すことになったり、いろいろ例があるが、倚松庵でも贅をこらしていた。外食も多く、神戸や西宮へよくそろって出かけていた。酒井須栄夫人が阪神電車を降りて帰って来るのに出会ったときも、四、五人の女性連れで、谷崎も、男だけれど、あでやかな着物を着ていたという。まわりがパッと明るくなるような中にいる谷崎のそのうれしそうな顔が、今も思い浮かぶそうだ。

着物も着古すことなく、しばらくたつと、須磨の呉服屋が来て持っていった。谷崎自身和服好きで随筆にも書き、有名な甚兵衛を愛用したり、浴衣がけに登山帽のようなのを被って出歩いていた。そして、常に本を手離さず、着物のこしがすり切れるくらい携帯していた。着物といえば、単に高価なものに腕を通すというのではない。「台風のとき、パッチ（ズボン下）に尻からげで家の周りを見回る谷崎が、角帯をしていたのが非常に印象的だった」と、酒井夫人は語った。

また、楢崎夫妻は、夫人のモンペについて次のように語っていらした。夫人は、戦中もかなり振袖を通していたが、防空演習に参加の際は皆と同様モンペを着用してきた。しかし、普通のモンペとは異なっていた。東北地方などモンペ愛用者の多いところでは、モンペといっても作業用だけでなく正装用のものもあり、夫人の着用していらしたのは、そのようなものだった。だから、モンペも手織で、大きく帯を結んでいたという。

谷崎は状況認識に欠け悠長なのではなく、自分の意思でそうしているのである。極限状態に追い込まれてもなおかつ、その場限りの間に合わせや実用一点ばりは排除し、我流を貫く強さのある人である。そして、時流を超越して、自己の美意識に忠実である。戦中、戦後の混乱期に、屈せず「細雪」「源氏訳」にあたった谷崎なら、角帯、モンペの一例は、さもありなんというところ。

だが、この頃の有様を物語るものとしては、谷崎自身の手になるもの、松子夫人の『倚松庵の夢』、宇野千代の訪問記くらいしかない。学生時代のことはかなり詳細に書かれているが、交際を絶っていたので、この頃のことは、語りうる人がいないのである。ゆえに、近隣の人々から聞き取りしたことに意味を見出してもらえれば嬉しい。

楢崎夫人の話では、家にお風呂があるのによく銭湯に行っていたという。これは妙案だと思った。家にいては女ばかりだが、銭湯に行けば、各年齢層の生の声も聞かれるばかりか、風俗も手っ取り早く知る一策となる。

「細雪」上巻第九章に、「そして毎日、悦子が學校へ往復するのに、交通事故の多い阪神國道を越へなければならないので、必ず誰かゞ送り迎へをすることにきめてあつた……」(『全集新書版』第二十四巻、四八頁)とあるが、悦子こと恵美子の通っていた学校は、財界の主な人々が建てた私立甲南小学校である。送りに同伴するのは、女中だけでなく谷崎自身もやっており、今と違ってヒモ結び式のクツだったのですぐほどけ、道にかごんで結んでやっているのをよく見かけたそうだ。また、隣家の子ども達も見かけると頭をなでてやったり、学徒出陣の折には名前を書いてやったり、如才なく気軽に応じる気さくなところもあったようだ。

ここ倚松庵でも猫と犬を飼っていた。「猫と庄造と二人のをんな」(初出『改造』昭和十一年一月号・七月号、改造社)にある通りの猫好きで、特に茶褐色でサルみたいに短毛のタイ(シャム)産の猫を可愛がっていた。「気味が悪いくらいの猫好き」と松子夫人がいってらしたほどなので、かなりのものだったといえる。

思えば、猫を可愛がる中に、谷崎の特質が見出せる。先の小説の他、随筆(談)「ねこ」(初出『週刊朝日』昭和四年二月二十四日号、朝日新聞社、一六頁)、談話筆記「猫　マイペット」(初出『大阪毎日新聞』昭和五年一月十二日)、「當世鹿もどき『猫と犬』」(初出『週刊公論』昭和三十六年七月十日号、中央公論社、四八頁) 等がある。

> 飼ふなら豹ですよ。美しくてしなやかで、お上品で、宮廷樂師のやうに氣取り屋で、さうかと思ふと惡魔のやうに殘忍である。好色で美食家で、飼へばきつと面白いにちがひありません。
> しかし何といつても面白いのは猫ですね。犬はジャレつく以外に愛の表現を知らない。無技巧で單純です。そこへ行くと猫は頗る技巧的で表情に複雜味があり、甘えかゝるにも舐めたり、頰ずりしたり、時にツンとすねてもみたりして、緩急自在頗る魅惑的です。しかも誰かそばに一人でもゐると、素知らぬ顔してすまし返つてゐる。そして愛してくれる對手と二人きりになつた時、はじめて一切を忘れて媚びてくる——媚態の限りを盡して甘えかゝつてくる、と云つたふうでなか〳〵面白い。それに夜なんか、机の脇に靜物か何かのやうに、ぢいつと落ちついてゐるのを見ると、如何にも靜かで、心が自然に和んでくるやうです。
>
> (「ねこ」『全集』第二十三巻、一一六—一一七頁)

確かに猫は、彼の嗜好に最もかなう要素を備えている。おもしろいのは、彼は明治十九年生まれで戌年である。しかるに、彼が最後に書き遺したメモにも「犬と猫を飼い、犬には粗食を与え、猫には美食を与える。」(谷崎精二「兄のメモなど」『中央公論』特集谷崎潤一郎追悼、昭和四十年十月号、中央公論社、二八七頁)、こう記す如くあくまで猫を優遇し、衣食住の内でも人一倍重きをおいた食に差をつけている。

猫はストレートな愛情を示さない。曲折があり、一筋縄でいかないおもしろさがある。そして、相手を見極め、時と場合に応じて示す情は細やかで、かつ濃厚である。人間にも劣らない機微を心得ている。それは心憎いばかりで、彼を魅了してあかせない。他の愛玩動物に、これに代わり得るものはない。谷崎好みのゆえんは、その気品、技巧と、つかみどころのないあやうさに自身を即応させ、その刹那、刹那で異なる味を楽しむことができる点なのである。

谷崎の場合、鑑賞する(つまり、自分は傍観者となる)だけとか、愛情を注ぐ(自分から一方的に働きかける)だけでは、決して満足できないのである。常に自己を忘れることなく、相手とのかかわりの中に、自分を満足させる何かを必ず要求している。エゴイストの谷崎には、無償の愛は存在しないであろう。

魚崎への転居と罹災

谷崎の父は腰の落ちつかない人で、何度も家を転じている。主に経済的理由のためである。それに伴い、幼い潤一郎も転地を余儀なくされている。彼自身においても転地癖があることを前述したが、理由はケースバイケースである。

倚松庵門前より住吉川をはさんで筋向かいに魚崎の家がのぞめる。

後の作風にまで大きな影響を及ぼすことになった関西移住は、震災という天変地異が因となっている。気に入っていた潺湲亭《せんかんてい》を引き払ったのは、寒暑の厳しい京都の気候が老体にこたえるからという健康上の理由によっている。

……借家住いの気軽さで、ちょっと気に入らなかったり、よりよい家が見つかると、たいてい二三年で引越す場合が多かったが、潤一郎の場合は、仕事の気分を変えるためにも実に数多くの転居をするようになっていた。

（野村尚吾『伝記谷崎潤一郎』二一〇頁）

このように、環境による感興を重視した点も大きな転居理由となっている。倚松庵を退出せざるを得なくなったのは、経済的理由によるものである。他は充足していたので、この土地を離れがたく、目と鼻の先、倚松庵の門前から川をはさんだ向う側、筋向いに見えるところに移転した。号はなく、魚崎の家と呼んでいた。

倚松庵には、昭和十一年の十一月から十八年の夏まで、珍しく長期間住まっていた。児山夫人によると、『大阪新聞』だか『大阪日日新聞』だかに、大家の後藤さんが、谷崎から来た家賃の滞りについての詫び状を載せ、当時のことについても回顧していたそうである。つまりそんな状態で、この家を五千円で買い取ってほしいといわれてもその財力がなく、結局出て行き、そのとき買い取ったのが児山家であり、その児山家の住んでいたのが魚崎の家なので、両家が家を交換した形になったわけである。引っ越し先は酒井安太郎氏の持つ借家で、酒井氏は隣りに住んでおられた。

昭和四十九年の取材当時、安太郎氏はすでに故人となられ、須栄夫人は少し離れたところに移っており、魚崎の家には、安太郎氏の弟保雄氏が住んでいらした。倚松庵は戦災を免れたが、ここは昭和二十年八月六日に罹災し、当時の物として残っているのは敷石ただ一つである。

魚崎へ移る以前から、谷崎はもっぱら熱海西山に住んでいた。疎開日記の始まる昭和十九年の正月も、妻と子（清治・恵美子各氏）を呼び寄せて、そこで過ごしている。そしてその年の四月十四日には近所まわりをし、十五日には、家族も西山へ疎開した。しかし家は借りたまま、手離さなかった。

翌二十年、熱海にも敵軍の上陸が予想され危険が生じたため、義妹重子の夫渡辺明の兄松平康春氏に買い取ってもらい、家をたたみ、岡山県津山町へ避難することにした。その途中、五月七日から十四日までの間、魚崎に立ち寄った。

「家人以下三姉妹一年一箇月ぶりにて又一堂に會したる譯なり」（「疎開日記」五月七日『全集新書版』第三十巻、二二九頁）という喜びもつかの間、十一日には空襲にみまわれ「予は先刻壕内にて想像したるよりは遥かに身近に危険が迫つてゐたことを知り今更恐怖す」（同前、二三二頁）という恐い体験をここで味わっている。

十四日にここを引揚げる際には、信子は加わらなかったが、六月二日の「疎開日記」によると、信子も逃げて来た。「昨夜海軍の某筋より尼崎の布谷氏に電話あり此の一週間が阪神間危險なりとの事にて急に章ちやんは江良、信子と伊ちやんは津山へ逃げることになり布谷氏盡力にて一週間有效の往復切符を都合して來れるなり」（同前、二四二頁）の如くで、六月五日には予想が的中した事が次のように記されている。「午前七時（?）頃より阪神地方一時間半にわたり大空襲あり。敵機は紀伊水道と土佐沖に集結神戸方面と大阪方面より侵入、主として神戸東部より蘆屋市の間を爆撃中と云ふ。果して布谷氏の注意が的中したるなり。魚崎の安否氣遣はる」（同前、二四三頁）。幸いなことにこのときは無事にすんでいる。

六月十六日に「十二時過家人重子さん信子予の四人にて街を散歩かた〴〵鶴山翁を訪ふ」（同前、二四三頁）ということから、なお、信子は、津山で行動を伴にしていたといえる。

……これらの品物ハ今のところはお預けしたと云ふ體裁にしておきますからそのつもりでゐて下さい　その外、殘して來た他の全部の掛け物も此の際君の田舎へ預かつて下すつたらどうですか、實際焼けてしまふことを思ふと、後に返して下さる下さらないなどは問題でありません、君の手にいくらかでも殘れば結構です、魚崎の家のあとは布谷の會社の勞務係りの久保川氏が留守することになりましたから、君に品物を預けるやうに私から頼んでおきませう、手配をしてから追つて御通知しますから、さうしたら取りに行つて下さい、全部でなくても一部でも結構です……今度の私の居所は津山から一時間ばかり先の勝山と云ふ驛ですからそのつもりで。章ちやんとこいさんとは當分津山に殘りますが、いづれ皆そつちへ集ります、……

（「七月一日、久保一枝宛封書」『全集』第二十四巻、四五〇―四五一頁）

魚崎の家の処置は、信頼できるとした人に託している。そして、津山にまで危険がせまって来たので、「疎開日記」七月四日には「家人も此の空氣に怯えて一日も早く勝山に移らんと云ふ。依つて魚崎よりのトラック到着をアテにせず引き移ることに決め夕刻先日の馬力を交渉し明後日午前一二時頃來てもらふことにきめる」（『全集新書版』第三十巻、二四四頁）と、さらに奥へ転地を決行することにしている。

六日午後六時過ぎ馬力來り、大小五十箇に餘る荷物を勝山の小野氏方に送り出す。……住吉及び熱海を想ふこと切である。七日の午後四時四十四分發で、本日は私と家人と惠美子と三人だけ先づ勝山に移轉する。十日朝八時二十五分發で私一人津山に義妹を迎へに行く。……これで四人は完全に津山を引き拂つたことになる。こいさんと章ちやんは一旦阪神間に歸り、改めて勝山に來る筈である。

（「三つの場合」『全集』第十八巻、三一〇頁）

ここに予定は示されているが、信子が何日に魚崎へ向けて発ったかは不明。

こいさんと布谷さんと宗像さんとで何とかトラックを都合して魚崎の家の荷物を出來るだけ此方へ運ぶことになりました。そのためこいさんはまだ魚崎に殘つてゐますが、私の荷物の外に布谷さん以下三人の荷物も積み込むので私の物はほんの一部しか積めないことになります、それで積めなかつたもの丶うちで、君が見て、これはと思ふものだけ預かつてくれると大變好都合です、こいさんにも君に預けるやうに云つてやりましたから魚崎へ行つてよく相談して下さい、そして最後に殘つたものは久保川氏に保管を頼むことにします……私達は數日前に津山から此方へ來ました此處はほんたうに別天地で靜かです、米もわりあひに豐富です、津山には布谷の章ちやんがゐます、こいさんや宗像さんも此方へ來たら當分津山にゐることになります

（書簡「七月十二日、久保一枝宛繪端書」『全集』第二十四巻、四五三頁）

惜しくも、終戦を目前にして、八月六日の午前二時頃、直撃弾をまともにくらって、魚崎の家は跡形もなく消失してしまった。

「疎開日記」は、こいさんの魚崎行きにも、また、家の罹災についても何も触れられずに、八月十五日、終戦の日をもって筆が置かれている。時期が時期であっただけに情報伝達に時間がかかり、そのことを知ったのは十五日以後であったとも考えられるが、納得がいかないのは、昭和三十五年に書か

れた「三つの場合」にも他のことは日時まで詳細に明記してあるにもかかわらず、この一件に関しては記述が省かれていることである。

松子夫人に伺ったところによると、こいさんはすでに魚崎を立ち退いていたが、夫人の長男根津清治氏はこの日学徒動員に加わっていたのだが、四十度近い発熱のためたまたま家に帰っていて、思わぬ災難に出くわした。あまりの爆撃の激しさに身の危険を感じ、寝床を飛び出し外へ出た瞬間の出来事で、アッという間に火を噴き何もかもフッ飛んで、すさまじいものだったらしい。着のみ着のまま逃げのびた清治氏により、疎開先にいた谷崎は、このことを知らされたのである。

隣家酒井氏宅は、このときの直撃は免れたが土蔵に不発弾が残っていて、ほど経てからそれに引火し、同日、同様の被害を被っている。次ページの写真は、谷崎が疎開先から同家へ宛てた見舞及び依頼の書状である。文面は以下の通り。

拝啓　其後御無音に打過居候処　時局大変転の折柄　如何御起居被遊候哉　御伺申上候　承れば御尊宅附近は去る八月六日罹災致し候由　かねて覚悟致候ことながら　戦争終結の僅か十日程前に此の結果を見たるは誠に御同様残念之至りに御座候　然し皆々様　御怪我も無之無事御避難被成候趣せめてもの事に御座候　私共も阪神地方の住心地を忘れかね　いつの日にか魚崎の旧處へ帰度と存居候ところ　あの家が焼けてハもはや帰るべき（一字判読不能）も無之　当分此地に蹈止まる外はなく候へ共　貴地在住中の御芳情ハ今以て忘れ難く存候　猶々残暑厳　敷折柄一層御自愛被下度　御奥様にも宜敷御鶴声被下度候

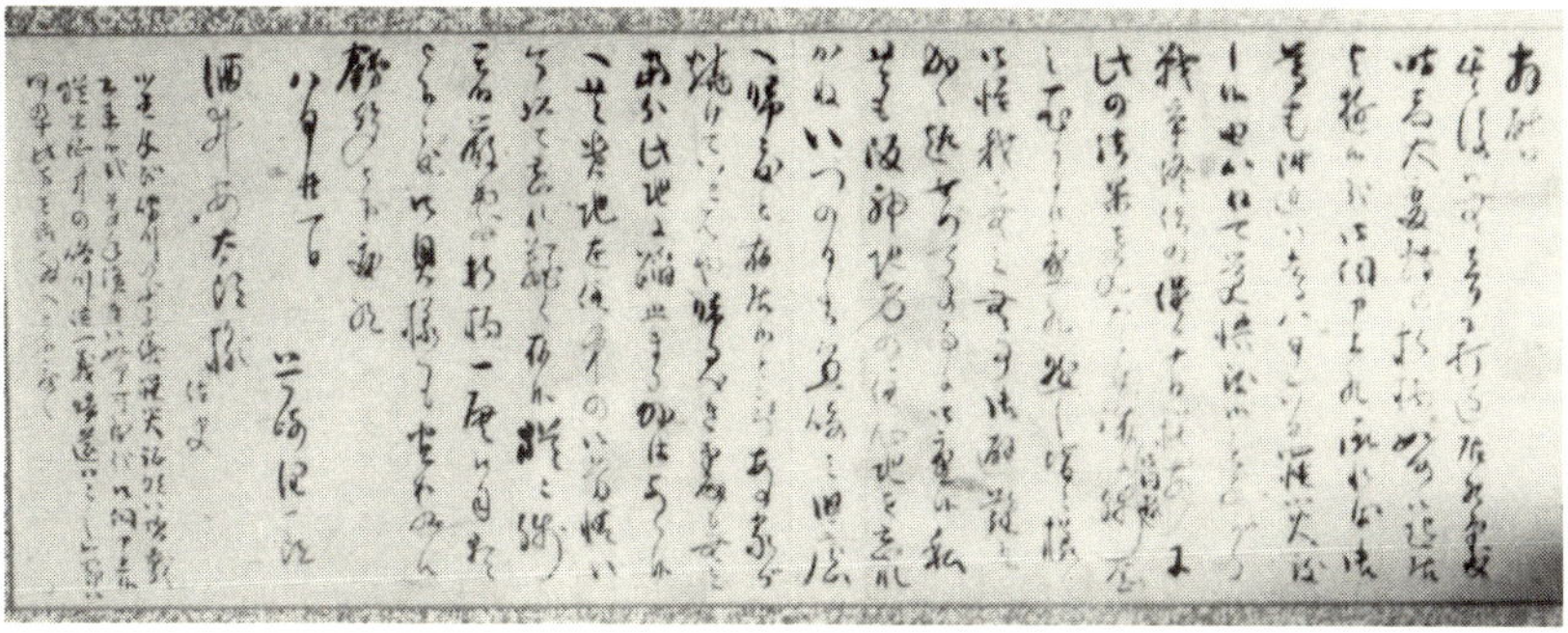

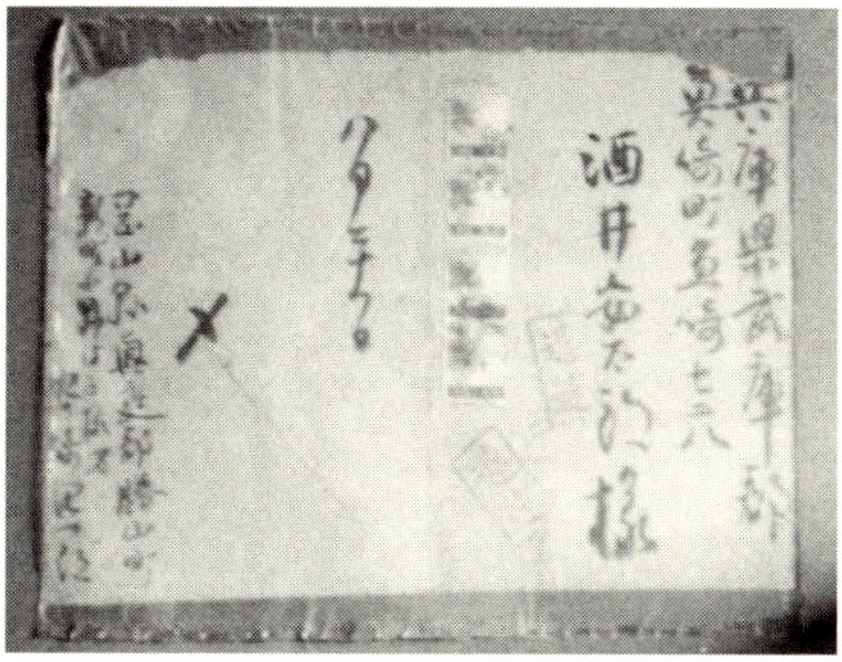

酒井家が所蔵していた谷崎自筆書状と封筒。日付は昭和 20 年 8 月 21 日。現在は田中家所蔵

八月廿一日

谷崎潤一郎

酒井安太郎様　侍史

小生及び鳴川のぶ子儀罹災証明ハ頂戴出来候哉　その手続きハ如何可◯哉　御伺申上候　猶出征中の嶋川信一義　帰還いたし候節ハ　何卆此方を御教へ被下度候

次に、他の人に宛てた書簡から罹災に関して記してあるものを引用するが、酒井安太郎氏宛のものが最も早い。

拝啓　戦争終結を見たる今日如何御起居被遊哉　小生等ハあれより津山を引き拂ひ去る七月上旬より表記の處に引移り申候、阪神魚崎の舊宅も不幸にして八月六日に罹災致候ニ付先づ當分ハ此處を動かざるつもりに御座候……

（書簡「八月二十六日、松林恒宛封書」『全集』第二十四巻、四六〇頁）

……然し現金なものにて空襲の危険去るとゝもに急に田舎が侘びしくてたまらなく相成一日も早く阪神之地へ歸度と家族共毎日云ひくらし鄕愁如何とも致難きもの有之然るに阪神魚崎町の舊宅ハかゝる場合を豫想致し此間まで留守番を殘置候處惜しくも去る八月六日に至りて焼かれ申しさしあたり歸るに家なく相成候尤も神戸の借家三軒だけ助かり申候ニ付借家人を追立て引移らんか

とも存候へ共六大都市ハ轉入むづかしくもあり且田舎の方何と申ても食料燃料にハ事缺き不申候故少くとも本年ハこゝにて越冬仕らんかと存居候猶〻印刷業等の復興を見るハいつ頃に相成べく哉インフレーション到底避け難きものとせば圓價ハどのくらゐまで低落致候哉神戸之借家を賣却せんかとも考へ居候へ共時機ハいつ頃が宜敷候等〻御意見御聞かせ被下候ハゞ難有存候……

（書簡「九月六日、土屋計左右宛封書」同前、四六一―四六二頁）

……再疎開仕候處間もなく終戰と相成り候へ共八月六日阪神間の留守宅に直撃彈を受け家財の一部及び家屋共焼失、熱海の家ハ人に讓り申候ため目下のところ歸るに家なく只今家さがしに神戸まで參り居り候へ共少くとも本年中ハ表記のところに居るものと御承知被下度候……

（書簡「十月二十四日、大貫鈴子宛封書、速達」同前、四六三頁）

魚崎に移ったのは昭和十八年夏であるが、翌年四月には家族をあげて疎開している。しかも疎開前も、谷崎自身は、熱海にいることが多かった。重子、信子ら義妹達もすでに嫁しており、情勢も日増しに悪化する一方で、楽しい思い出というのも少なかったであろう。その上、立ち寄った際には空襲にみまわれているし、終戦を前にしては、家もろとも家財をも焼失してしまっている。後に松子夫人にうかがったところによると、貨車一台分くらいの荷物が未発送で、まだ置いてあったとのことである。

話を前にもどせば、焼け残った倚松庵は出たくて出たわけではないし、また、六甲津波による大洪水という天災をも被っており、暗い出来事も多かったが、谷崎にとっては差引きして余りあるものが

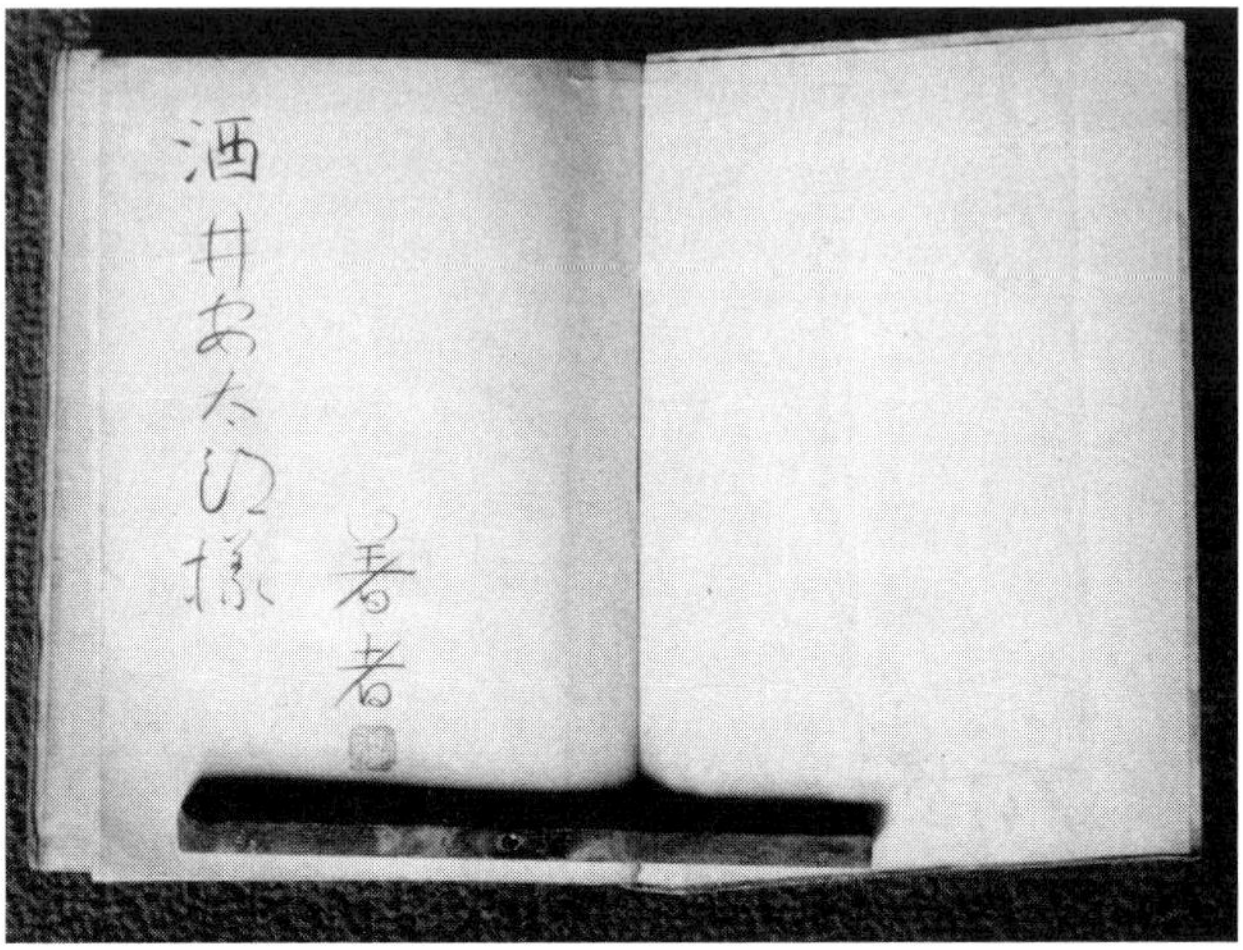

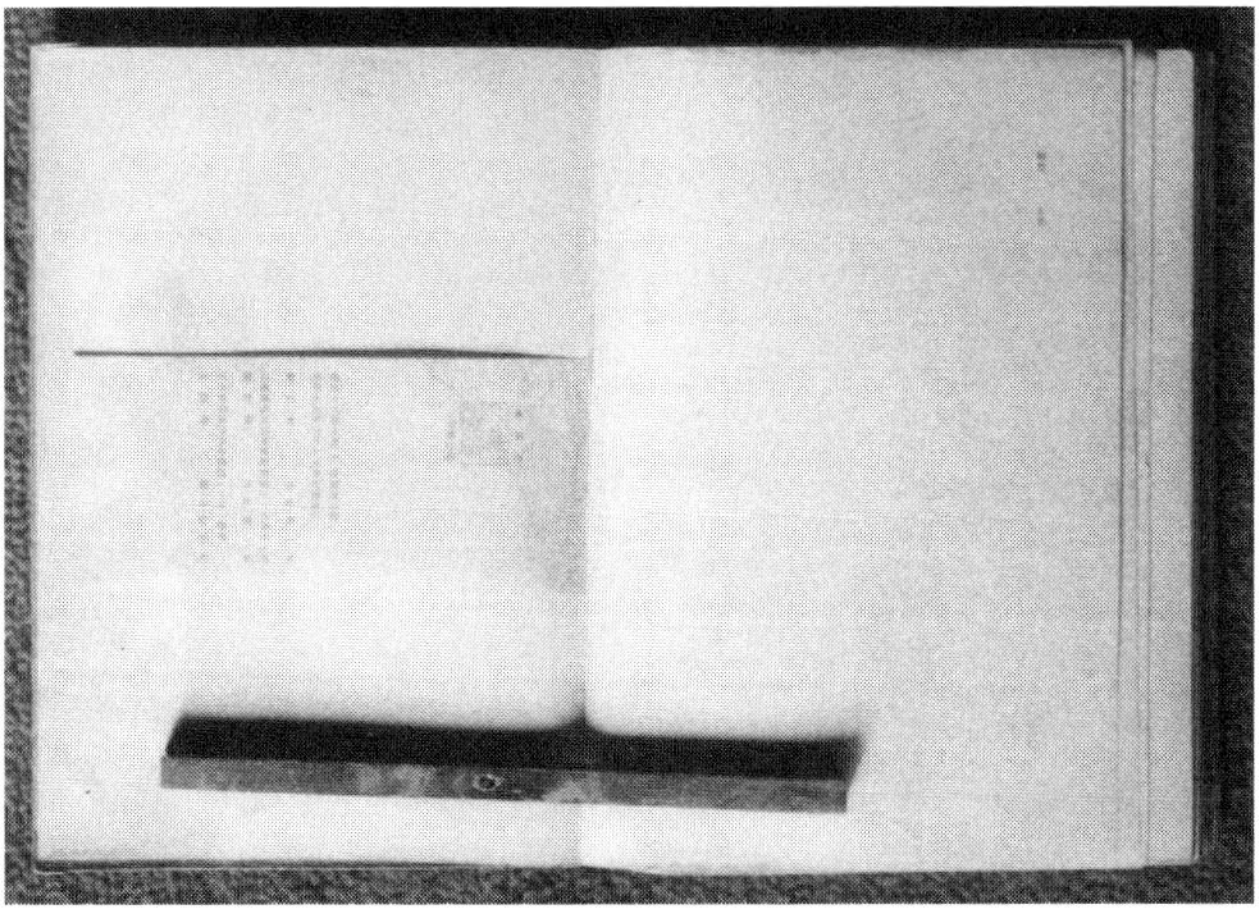

酒井安太郎氏に贈られた『細雪』私家版、200 部限定のうちの 1 冊。
署名（上）と奥付（下）。現在は田中家所蔵

住吉川沿いにはあったのである。家族ぐるみ西山へ引揚げる際にもそこから再疎開を図り、買ったばかりの自分の家を売り払った際にも、なおも、魚崎の借屋は借り続けていたのである。資金調達のため家を売ったくらいで、経済的ゆとりがあったわけではない。酒井氏宛書簡に「私共も阪神間の住心地を忘れかね　いつの日にか魚崎の旧處へ帰度と存居候ところ……」と述べているのが、当時の彼のいつわらざる心境であったと思われる。特に「細雪」執筆中であっただけに、ここに足場をとどめていたかったことであろう。土屋氏宛書簡に「六大都市ハ轉入むづかしくもあり……」と述べ、思案にくれていたが、「終戦後、京都市長だった和辻春樹の好意で勝山からの入市を許可されたので、女中一人を連れて二十一年三月に京都へ出たが、その後は引きつづいて京都に長く住みつくようになったのである」（野村尚吾『谷崎潤一郎　風土と文学』一四三頁）。

そして、疎開先にも携えられ、書きつがれた「細雪」上・中・下巻は、七年間を費され昭和二十三年五月に完結をみ、年末には全三巻の刊行を終えている。

魚崎の家を失って後、ついに谷崎は阪神間にもどって来ることはなかった。「細雪」完結とともに、ここでの生活に終止符がうたれたわけである。だが次のような述懐がある。

……尤も最初は「三寒四溫」と云ふ題で、あれよりもつと長いものにするつもりであつた。實を云へば、その頃の蘆屋夙川邊の上流階級の、腐敗した、廢頽した方面を描くつもりであつた。ところが追ひ〳〵と時局の關係で軍部やその筋の眼が光り出し、さう云ふ題材を選ぶことが危險になつて來たので、已むを得ず彼等に睨まれないやうな方面だけを描くことになつてしまつた。

「細雪」と云ふ題はさうなつてから、雪子を女主人公にするつもりで思ひついたのである。
(「「細雪」を書いたころ」『全集』第二十三巻、三六四―三六五頁)

これと同じ内容のことが、

感想「『細雪』その他」(『作品』二、昭和二十三年十一月、のちに改題して「『細雪』回顧」新潮文庫『細雪』上巻、昭和三十年十月)

談話筆記「「細雪」瑣談」(『週刊朝日』春季増刊号、朝日新聞社、昭和二十四年四月)

これらの中にも記されており、余程未練があったようだ。感興は十分永続していたのだから、戦後もし再びこの辺に腰を落着けたとしたら、ここを舞台に、蘆屋夫人の生態を、如実に、赤裸々にえぐった作品が生まれ、写実的筆致をものとしたかもしれないが、京都で潺湲亭を入手したことにより古典回帰し、「少将滋幹の母」のような作品を生む方向へ進路を変えてしまった。架空の小説「蘆屋夫人(仮にこう名付けておく)」と「少将滋幹の母」とでは、まったく趣が異なっている。京都の水が、きれいに洗いぬぐってしまったのである。

谷崎において、その環境というものがどんなに大きく作用しているかが、まざまざと思い知らされる一例である。感性の作家谷崎は、風土と文学の結びつきが強いので、この点は研究しがいがあるといえる。

第三章　ゆかりの人々が語る素顔の谷崎

小林美紗子さんのお話から

令和四年四月、生前の谷崎を知る、米寿に近い小林美紗子さんにお話を聞かせて頂く機会を得た。小林さんは魚崎の家の家主酒井夫妻の末娘にあたる方で昭和十年生まれ、当時まだ十歳で、昭和二十年四月に疎開するまでの思い出である。

恵美子さんと同じ甲南小学校に通学していた。女中が送り迎えをしたり、戦争が大分激しい頃には、執事が授業中後ろに立っていたりもしたという裕福な子の通う私立校である。作文教育のとても盛んな学校で、谷崎は「細雪」執筆の際、子ども達の書いた住吉川氾濫大惨事のつづり方を参考にしたそうである。終戦真近、八月六日の大空襲

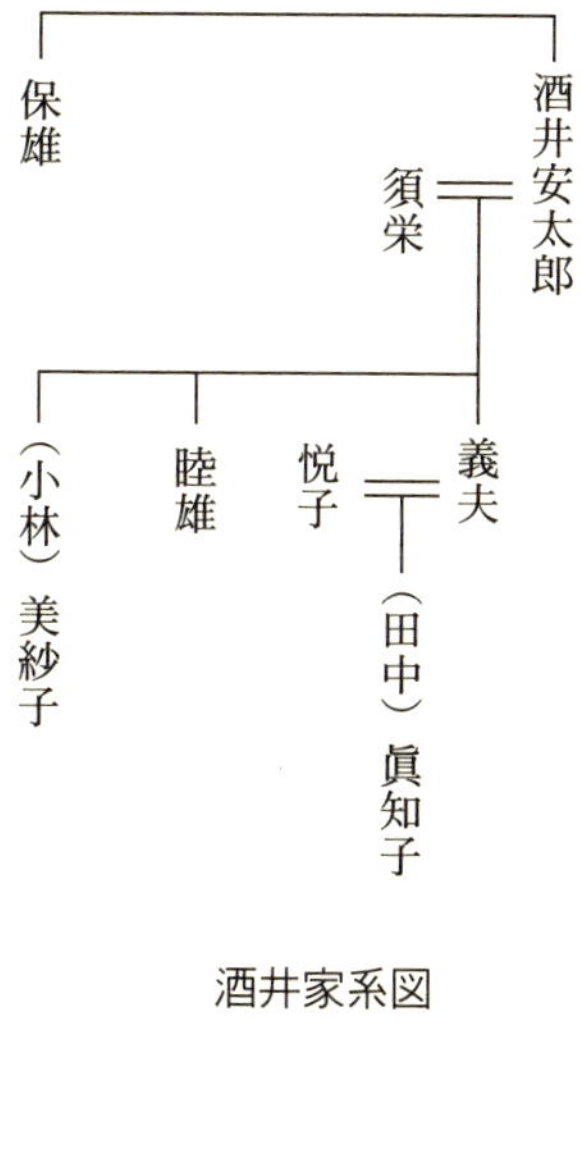

酒井家系図

による魚崎の家焼失は、疎開先で先生から聞かされたそうだ。そのとき甲南小も焼け、倚松庵が残ったのは奇跡的だとおっしゃっておられた。

お父様の安太郎氏は、町内会の会合に参加した和辻哲郎が戦争の先行きについて悲観的なことをいったときは、息子二人が海軍に所属しているので、プンプンして会合から帰り、「けしからん」といっていたそうだ。

お母様の須栄さんは懇切丁寧に御祝儀帳を付けて、盆暮に心づけをあげた人を記帳していた。「ちょうば（車屋のたまり場）」「下肥屋（くみとり屋）」「床屋の弟子」「踏切番（子どもの通学に世話になる）」等。谷崎家でこのような心づけをしていたか不明だが、松子夫人も気働きのある方だから多分なさっていたのではと思われる。

そして、須栄さんは松子夫人と同じ船場の出である。酒井家本籍は大阪市中央区北久宝寺町にあった。その須栄さんが「『細雪』の言葉はきたない、船場言葉はもっと丁寧で、姉妹で話す言葉づかいが悪い」といっていたそうだ。

松子夫人は船場の出だし、江戸弁しか知らない谷崎には当然、関西弁監修の方がいらしたはずである。酒井夫妻の孫娘田中眞知子さんは「大阪でも船場は特別な意識が強い、そして耳で聞くのと文章におこすのとはまた違い、細かいニュアンスは伝わりにくいのかも」とおっしゃっていた。

谷崎夫妻が岡山に疎開後の家には、松子夫人の末の妹嶋川信子さんと宗像さんが住んだ。信子さん、すなわちこいさんは田中千代洋裁学校に通っていたので、着物姿よりモダンな洋装の方が印象に残っているそうだ。

魚崎の家の庭に防空壕をつくり、谷崎はそこに逃げこみ、実際に使われていたことが「疎開日記」に書かれ、市居義彬著『谷崎潤一郎の阪神時代』（曙文庫、昭和五十八年）にある間取り図にも記載されているが、残った女性だけでは心細いのか、酒井家の庭の小運動場と呼んでいたところにつくったコンクリート製の防空壕に、こいさんは空襲のとき、よく入りに来ていたそうである。

酒井家との交流

当時、町内会（隣組）の会長は川崎造船創業者川崎正蔵の孫川崎芳熊氏、副会長は谷崎家家主の酒井安太郎氏。谷崎は不在がちだったこともあるが、会合にはまるで顔を出さなかった。

酒井安太郎氏子息睦雄氏は、この家の表札は三枚で「谷崎寓」「森田」「木津」のようだったといわれる。留守をよく、こいさんが預っていた、ほがらかな人で、かつ、気さくで、谷崎のことを「うちの大将」と呼んでいたという。

谷崎の借家には電話が引けていなかったため、酒井家にしばしば借りに来たそうだが、その長電話たるや、のんびり優雅でいつも小一時間かけていたらしい。電話は主に大阪の出版社へのもので、内容は紙の質に至ることまでこまごまと、装幀に関して厳しいものが伺えたそうだ。昭和十九年に創元社の助力により私家版として刊行された『細雪』の打合せがこれであるに違いない。

戦時中、岡山医科大学にいた酒井家子息が、学校へ帰るのに切符が手に入らず困っているのを聞き、

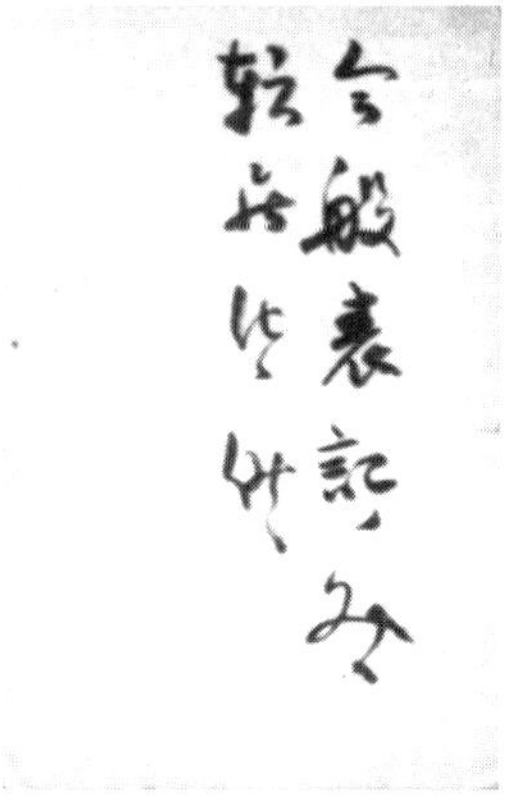

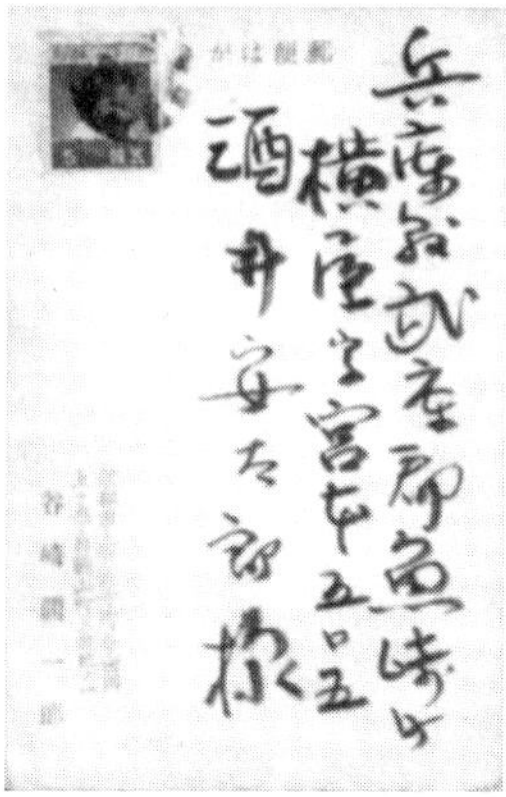

酒井安太郎氏宛谷崎自筆葉書。現在は田中家所蔵。消印は昭和 21 年 5 月 18 日。5 銭切手。宛名面には「兵庫縣武庫郡魚崎町　横屋字宮本五〇五　酒井安太郎様　京都市上京區寺町今出川上ル五丁目鶴山町三番地ノ一　谷崎潤一郎」とあり、文面は「今般表記ノ処へ　転居嗜好」。

谷崎の名を使って良いと言ってくれたもので、駅へ行ったら、「谷崎さんなら二等ですね」と二等切符を渡され、学生のことで三等のつもりでいたから困ったそうだ。当時周辺で、駅員にも名が知られていたことがわかる。

ところで、お金に困っていても三等には乗らず、一流趣味というか、こういうところにミエをはる谷崎が、松子夫人と出かけるときには、夫人を二等に乗せ自分は三等にし、二等と三等が隣接して窓から隣の夫人の顔の臨めるところに座を占め、お伴の気分を味わって同行していたと、樋口画伯に伺った。

酒井夫人は、玄関を入ると脂粉の匂いがしたということだが、お香のことであろう。倚松庵の部屋やトイレにも用いていたらしい。後年松子夫人を訪問した湯河原邸も同様であった。

話が大變や、こしくなりますが、こゝでちよつと、終戰以來何回となく場所を變へました千倉家の居住地のことにつきまして、說明を加へておきます。昭和二十一年に、磊吉夫婦は岡山縣眞庭郡勝山町の疎開地を捨てまして、京都に部屋借りをしましたのが、同市上京區寺町今出川上ル龜井方でした。それから間もなく、左京区南禪寺下河原町の白川の流れに沿うたところに一戸を構へましたが……

（谷崎潤一郎『台所太平記』一三九―一四〇頁）

家族の移転はこの通りであるが、当時にあっては、家捜しは難を極め、谷崎自身が奔走し、滞在したところは次の通りである。

二十一年の三月十六日、潤一郎は単身、京都へ情勢探知に出かけた。最初に取りあえず知りあいの家に厄介になった。（左京区下河原町弁天町喜志元）さらに左京区浄土寺西田町十二戸島方に移ったが、ほんの間借りなので、家族が同居できる所を極力捜した結果、上京区寺町通今出川上ル五丁目鶴山町の中塚せいの二階を借りることが出来た。二階は十畳と六畳だが、階下も荷物など置かせてもらえるというので、家族を勝山から呼び寄せることにした。市内転入の件も話しあいがついたからである。

五月の末に、勝山から家族を連れて上洛した。

（野村尚吾『伝記谷崎潤一郎』四二八―四二九頁）

ちょうどそのころ、神戸の持ち家（戦争中に一度売ろうとした貸家）の買い手がついたので、その金でいっそ京都で一軒買おうという気になって捜しだした。
勝山に出発しようという八月五日に、南禅寺の近くに売家があると聞いて、その場で買うことにした。裏に白川が流れ、永観堂に近い所だったので、場所が気に入ったからである。ただ、その住人が十一月にならぬと、田舎に引揚げないので、それまで移るわけにいかなかった。その家は潺湲《せんかん》亭と名づけられた……

（同前、四三〇頁）

この頃のことを、谷崎自身、「三つの場合」の「三　明さんの場合（細雪後日譚）」に、日記風に時日を追って詳しく書いている。それを見ると「そして、取り敢へず四月廿七日に喜志元を引き拂ひ、銀閣寺終點附近の戸嶋氏方の二階を借りたが、その後五月廿日に寺町今出川上ル鶴山町の中塚氏方に移る。」（『全集』第十八巻、三一八頁）とあり、この葉書の発信地である寺町今出川上ル鶴山町の中塚方に移ったのは五月廿日と記してある。消印は五月十八日になっているので、事前にこの報告をしためたわけである。それなのに、住所名前は手書きではなく印がおされている。住所と名前は別印である。移転が決定しだい、即刻、印をつくらせたのであろう。家族を呼びよせたり、住所印を作成したりしているのをみると、ここには長期滞在を予定していたのであろうか。

「五十歳にあまる老婆一人で、伜は戦争に取られたまま、いつ帰るか終戦後さっぱり消息がなく、老人の一人ぐらしは不用心だと云うので、二階を貸す気になったのであるが、比の『おばはん』が珍しく心がけの優しい人で」と『鴨東綺譚』（昭和三十一年二月「週刊新潮」創刊号より）の冒頭の所で書いている。場所は違えてあるけれども、大体このとおりで、多少「おばはん」がカリカチュアライズされている程度だ。

（同前、四二九頁）

家主にも恵まれ、前述「三つの場合」によると、「明さんは始終東京へも出張し、時とすると一箇月以上も帰らなかった」（『全集』第十八巻、三一九頁）ときもあるが、「明さんが最後に函館を引揚げて來たのは九月末であつたが、その頃はまだわれ〳〵の二階借り時代で、明さん夫婦は中塚家の階下の八疊を借りてゐた」（同前、三一九頁）のように、両夫婦が同居していた一時期もあったようである。

十一月廿四日、私たちは漸く南禪寺下河原町の元陸軍中將吉田周藏氏の家屋を十萬圓で讓り受けて、正式に一軒の家を持つことが出来た。

（「三つの場合」『全集』第十八巻、三一九頁）

潺湲亭に引越すまで、ちょうど半年間、中塚方の家に間借りしていたのである。その間に投函された書簡を『全集』第二十四巻であたってみると、この家からのものは、六月二日土屋計左右氏にあてた「今回表記に轉居仕候一寸御しらせ申上候　御約束の短册揮毫延引いたし居申譯無之候そのうち御おくりいたすべく候　六月二日」（四六八頁）という葉書をはじめとして、他に、氏宛のものは葉書が三枚、封書が三通。新潮社の楢崎勤氏宛封書一通。避暑に来ていた勝山（勝山町城内今田方）の旧居から出した封書が、土屋計左右氏、多田嘉七氏宛各一通ずつだけである。宛先が限られている。

戦前のものは、かなり焼失してしまったとも考えられる。また、現在、手許にあっても、私情をはさんだものは発表を差し控えられている場合もあろう。しかし、この種の転居通知様のものは、もっと広く流布していたに違いない。ただ、要件だけ書かれた非常に簡潔なものであるだけに、内容だけ汲まれた後は粗略に扱われてしまったであろう。

それにしても、このときの通知は、酒井氏を除くと、土屋氏宛のものしか見当らない。人を避けるというより、終戦後まだ一年、焼け出された人は居が定まらず連絡がつかないこともあったであろうが、印もつくったにしては少な過ぎる。

土屋氏のように、多くの書簡を提供なさっていらっしゃる方もあるが、例えば、酒井氏のように、文壇とのつながりもなく、ある一時期のみ懇意にしていて、その間、書状のやり取りのあった方は他にも多勢いることと思われる。酒井家では、書状を表装し大切に保存していらっしゃるが、別に谷崎その人に特別な関心のない人もいる。

谷崎に関するものを、一ヵ所に収集しないで、現在の所有者にそのまま維持してもらってもかまわないと思うが、ただ、一つ一つのものを、資料として一つ所に集め正確な記録をつくっておかないと、所有者の代が代わってしまったり、引越しとか、あるいは天災とかさまざまな事態が生じた場合、紛失・崩壊・離散してしまう危険が多分にある。

生前かかわりを持ち、それを伝えうる人が年々減少してくることはやむをえない。埋れたものに光をあてる必要性はもちろんであるが、『全集』第二十四巻「書簡」の部を見ても、本人の了解が得られなかったのであろうか、ごく身近な人々との音信も欠落している。

松子夫人を湯河原に訪問したのは昭和四十九年、谷崎の死後ちょうど十年目。十三回忌までには記念館を建設したいとおっしゃっていらした。当時はまだその建設地も未定で、前途多難なことが察せられたが、昭和六十三年、兵庫県芦屋市伊勢町一二―一五に立派な記念館が開館した。酒井家では、田中家所蔵の書簡も含め、将来的に記念館への寄贈を考えていらっしゃると聞いている。

樋口富麿画伯との仕事

谷崎の著書において、樋口富麿画伯が実際に仕事にたずさわり、協力したものを『谷崎潤一郎先生著書総目録』（ギャラリー吾八、昭和三十九年）より拾い出してみると次のようになる。
第八十六册『春琴抄』創元社、昭和八年十二月十日「顔世」――樋口画伯の挿畫一点収録
第九十八册『吉野葛』（潤一郎六部集の内）創元社、昭和十二年十二月二十日――題簽は淡茶紙に黒一色刷り、樋口富麿筆か。中扉六葉原畫は樋口画伯

第百六冊『新槧春琴抄』創元社、昭和十六年三月五日——装釘は樋口画伯

第百二十冊『戯曲　お國と五平　他二篇』国際女性社、昭和二十二年二月一日——装釘は樋口画伯。表紙は石版印刷二色刷り、題名は銀砂子紙に墨刷りのレーベル貼込み。本文用紙は仏花紙。針金とじ製本。表紙・見返しのデザインおよび各項に小形の挿畫が入っている、すべて樋口画伯畫

第百三十二冊『鶯姫』清流社、昭和二十三年六月八日——表紙・扉・畫は樋口画伯による、題字は松子夫人

第百三十九冊『友田と松永の話』臼井書房、昭和二十四年五月十五日——表紙デザインは樋口氏

第百四十六冊『京の夢大阪の夢』日本交通公社、昭和二十五年四月——装幀は樋口画伯

第百六十六冊『過酸化マンガン水の夢』中央公論社、昭和三十一年——「A夫人の手紙」の挿畫は樋口画伯夫人の樋口智恵子氏

これを見てわかる通り、仕事の上のつきあいは、昭和八年から二十五年まで長期にわたって続いている。その後、谷崎は本居を京都から関東に移してしまったため、必然的に行き来も疎遠となってしまった。

松子夫人を介在として仕事をし出したのが、はじめである。というのは、樋口画伯は松子さん前夫の根津清太郎さんがまだ学生の頃から彼の文芸に興味を持ち芸術面でも後援をしていた仲、根津氏と松子さんとの結婚の折には仲人を務めているくらい関係が深かった。その縁で谷崎と松子さんとの間

に問題が持ち上がったのはまだ姦通罪というものがある頃で、松子さんから相談を受け、自然、谷崎とも、知り合うようになったのである。

折々、訪問をしたこともあるそうだが、そんなとき、谷崎がうちわで風を送るのは、もっぱら夫人の方へであった。また、清太郎氏と同席した時、谷崎はビールを出して来たが、コップは二つしか出さず清太郎氏には与えなかったので、樋口画伯は飲むに飲めず困ったそうだ。清太郎氏は松子さんを虐げている夫であるのだから、谷崎が良い顔をできないのも当然であるが、このような態度をとって他の人にまで気を遣わせるのは、非常に子どもじみているとも、残虐性の表われともとれる。

あるとき、根津氏が樋口画伯のところへ来て、「谷崎はケッタイなやっちゃ」といって話したところによると、清太郎氏が二人のところへ行ってみると、台の上に松子さんをすわらせて、谷崎がその前で一心に奥さんを拝んでいるのを目撃したのだそうである。自分が捨てた妻に、他の男が、しかも、谷崎潤一郎という名の通った作家が、かようなまでに執着しているのを見て、清太郎氏がどのように感じていたのか疑問であるが、三人の関係を知っている樋口画伯に「谷崎の作品読んでまっせ」というくらいであるし、二人のところへのこのこ出かけてゆくなど、気のいいボンボンであったようだ。そして、松子さんを大目に見ていられたのは、彼と松子さんの妹、信子さんとの間にも関係があったことにもよるであろう。

樋口画伯は谷崎ゆかりの品々を所蔵しておられた。その中には例えば、画伯が谷崎と出演したラジオ座談会の際に撮影した写真とその番組のことを報じる新聞記事もあった。この座談会には、女優岡田嘉子が加わっている。樋口画伯によると、日付は忘れたが、彼女が樺太から杉本良吉と恋の越境を断行したのはこの座談会からいくらもたたないうちとのこと。逃避行が昭和十三年一月三日なので、会は昭和十二年の秋であろう。このとき谷崎は、住吉の倚松庵に住んでいたが、岡本時代近所づきあいをして親交のあった和気氏が大阪の放送局長の意をとりつぎ、谷崎も対談ならということでこれに応じ、記事にもある通り、初めてのラジオ出演になったのである。対談のメンバーに樋口画伯が入ったのは谷崎の指名、岡田女史を交えたのは局側の意向ということである。

また、谷崎の書も所蔵しておられたが、これについては「疎開日記」に言及がある。

三月三十日、曇

書物の整理に暮す、北尾氏來訪、樋口富麿氏筆の繪に予が賛をしたる軸二つ（源氏空蟬の歌及春琴抄の歌）持參箱書を求めらる。……

（「疎開日記」『全集新書版』第三十巻、一八九頁）

ここに登場する北尾鐐之助氏も、谷崎自筆の歌を所持している。なお、このことを聞き、後日樋口画伯が紙と金泥を持参してしたためてもらったのが、八一頁の扇面の賛である。上の春琴抄の歌詞は、佐藤春夫の作である。下は源氏物語を訳し終わったときに詠んだ自作の和歌である。

またアルバムに貼った「乱菊物語」の舞台写真を見せてくださった。昭和二十七年大阪歌舞伎座での興業時のものと思われる。松子夫人は、この舞台をご覧にならなかったそうであるが、樋口画伯は舞台装置製作にたずさわっていらしたのである。これにより、画伯は『中央公論』の挿絵をお書きに

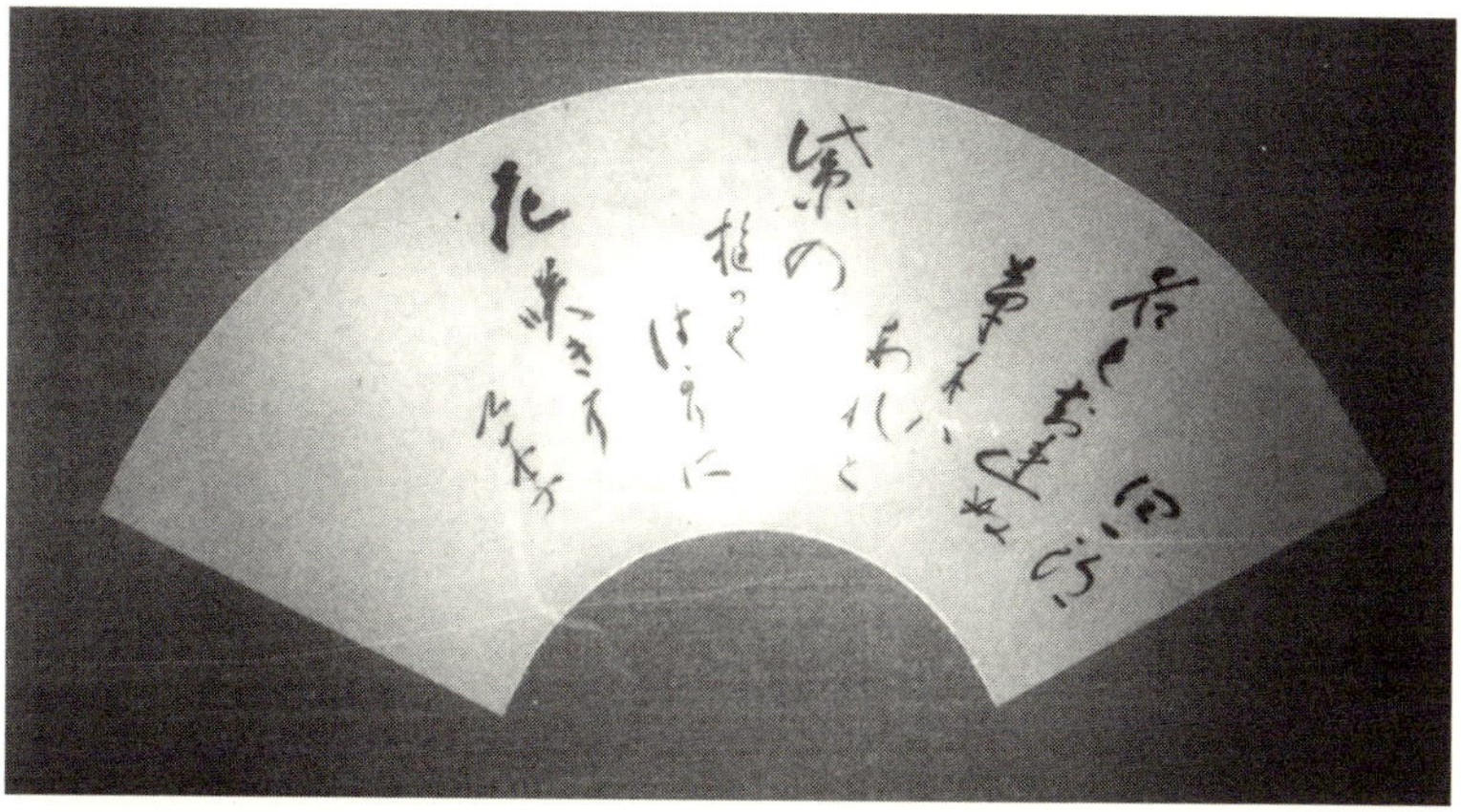

樋口富麿画伯所蔵の谷崎の書。上は、佐藤春夫作「春琴抄」。下は、自作の和歌。長野草風の画に谷崎のこの歌の賛を寄せた作品を中央公論社社長島中鵬二氏と谷崎と交流のあった笹沼源之助氏子息笹沼宗一郎氏が所有している。が、この書とは変体仮名のあて方など数カ所が異なっている。

なられた。

この写真撮影にあたられた北尾鐐之助氏は、戦後、『新世間』の同人になっている。また樋口画伯の手元には、「吉野葛」のゲラ刷りも残されていた。画伯は昭和十二年創元社刊の同書の中扉の挿画六点を手がけている。また、北尾鐐之助氏による写真二十五点も収められている美本である。谷崎はいつも、六校、七校と、推敲に推敲を重ねて仕上げたという。赤インクのペン書きで校正が加わっていた。

画伯は谷崎の名刺も見せてくださった。その名刺には谷崎の筆により紹介文が書き込んであり、このような名刺を携えて画伯を訪ねてくる人が時々あったそうだ。一枚の名刺裏面の谷崎の住所は「京都市左京區下鴨泉川町五番地（電上一八四四）」となっており、もう一枚は「京都市左京區南禪寺下河原町五二電話上二七二番」であった。

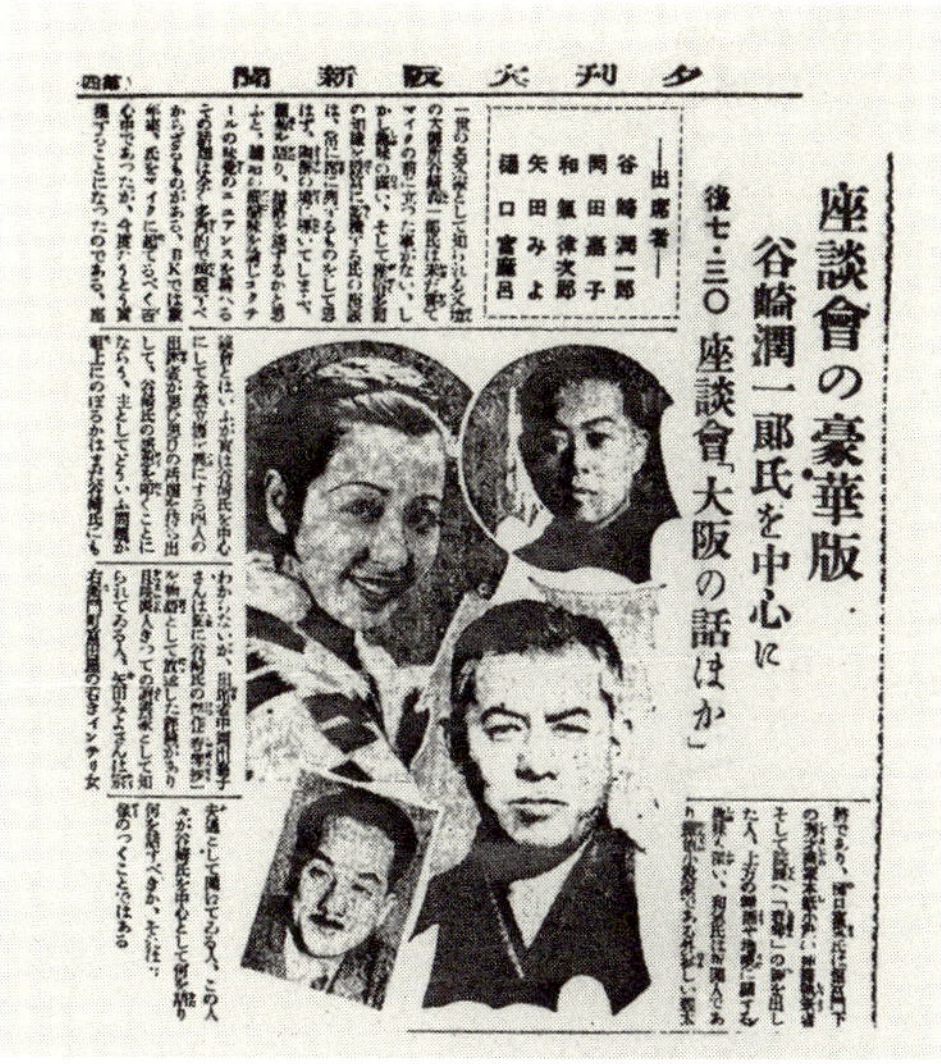

夕刊大阪新聞

座談會の豪華版

谷崎潤一郎氏を中心に

後七・三〇 座談會「大阪の話ほか」

―出席者―
谷崎潤一郎
岡田嘉子
和気律次郎
矢田みよ
樋口富麻呂

樋口画伯が保管しておられたラジオ座談会の新聞記事

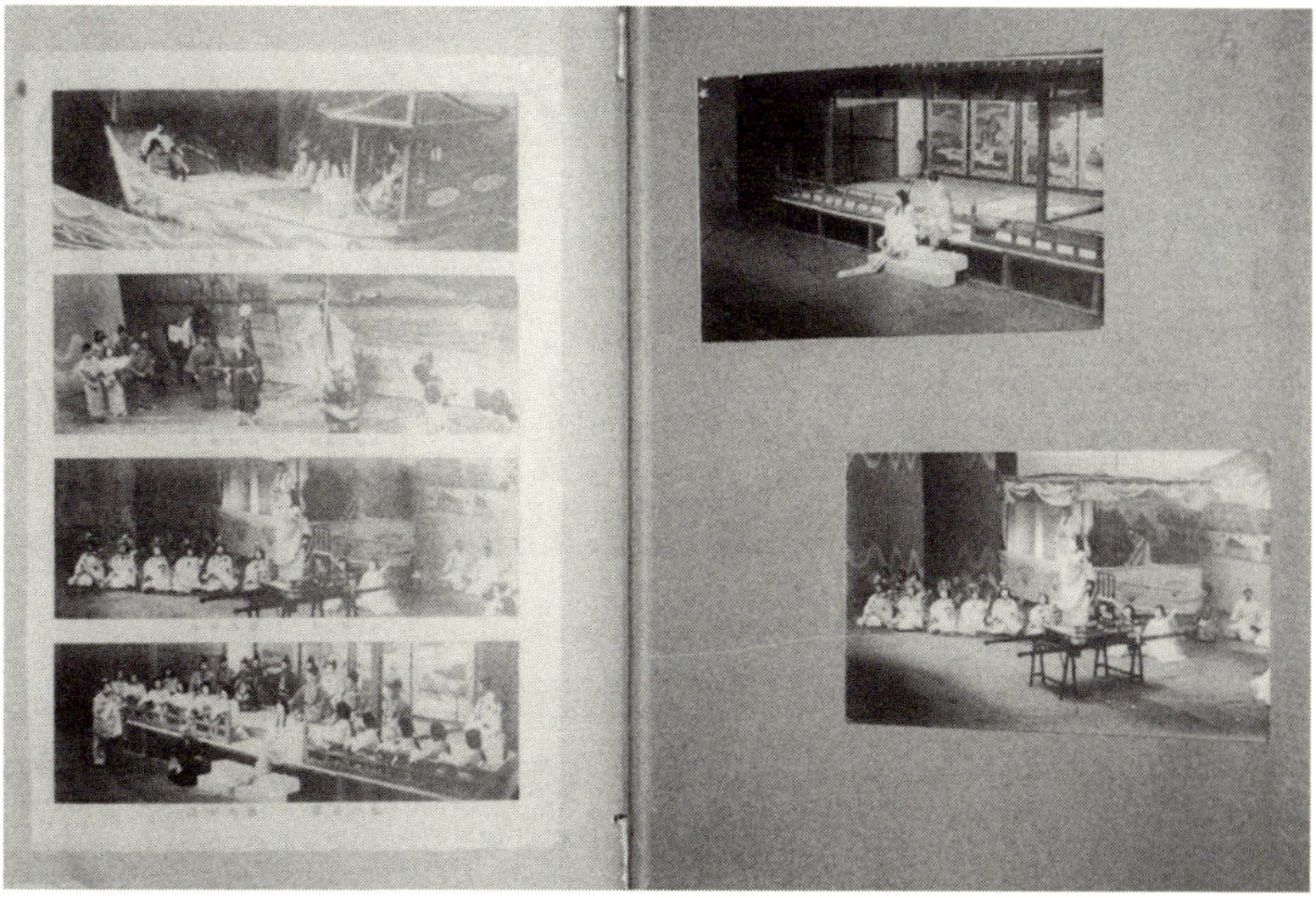

樋口画伯所蔵のアルバムに収められた「乱菊物語」の舞台写真

第四章　『新世間』誌と谷崎

『新世間』『国際女性』とのかかわり

昭和二十二年に創刊された雑誌『新世間』は、顧問を谷崎が引受け、巻頭にそれが明記されている雑誌であるが、学術雑誌総合目録、文芸年鑑等にも、まるで記載がない。ただし、『日本出版百年史年表』（日本書籍出版協会、昭和四十三年）に「《新世間》月刊、大阪、世間社（文芸雑誌、谷崎潤一郎顧問、五・六月合併号発行）」とだけ書かれていた。創刊号が四月に発行、三号が七月に発行ということから、これは第二号に基づいて書かれたものと推定できる。

谷崎がなぜ顧問を引受けたかについては、本書資料篇に収録した平井正衛氏からの書簡で解明された。谷崎は、この雑誌の題字も書いている。おもしろいのは、創刊号だけ右書きの草書体で、第二号は右書きの行書体、三・四・五・六号は左書きの行書体になっている。その後の号も谷崎は顧問となっているが、題字は手がけていない。

松子夫人は、雑誌『新世間』のことについて何もご存じでなく、編輯兼発行人の平井正衛氏とも面識がなかった。そこで、野村尚吾氏を通じて調べて下さったところによると、平井氏は毎日新聞社の方で、奥村信太郎氏が社長をしていたときには伝記を一任されたこともあるそうである。同人の中心的存在だった北尾鐐之助氏は、曾て『サンデー毎日』や『ホームライフ』の編輯長をなさった方だが、松子夫人は、北尾氏とは娘時代からの古いおつきあいのある間柄で、文章もお上手な写真家だとおっしゃっていらした。なお、『谷崎潤一郎　現代日本アルバム五』（学習研究社、昭和四十八年）一四九頁に、「大正十一年七月二日号「サンデー毎日」表紙　当時まだ森田姓のころの松子夫人がモデル」とある写真は、北尾氏撮影によるものである。

ところで、書簡には、この雑誌及び同人達に関することは一切認められないが昭和十九年の「疎開日記」の中に、二度、北尾氏が登場している。

三月廿八日、雨後晴

……五時驛に至れば北尾鐐之助氏見えたり、やがて内藤氏和田氏來る、樋口氏は防空訓練にて和氣氏は風邪にて缺席、會場はもとの吉兆主人の私宅（湯木氏）にて蘆屋川東岸堤防の路を一寸東へ……米と炭と砂糖とを皆少しづゝ持ち寄ることになつてゐたれども、……

（「疎開日記」『全集新書版』第三十巻、一八八―一八九頁）

三月三十日、曇

書物の整理に暮す、北尾氏來訪、樋口富麿氏筆の繪に予が賛をしたる軸二つ（源氏空蟬の歌及春琴抄の歌）持參箱書を求めらる、……

（同前、一八九頁）

三月二十八日に催された会合のメンバーは、どういうつながりを持ち、また、何を目的として集まったものであろうか。谷崎の日記には、料理について書かれてはいるが、どんなことを話しあったかについては、話題すら触れられていない。しかし、彼とは戦中も親交があったことの一例が、ここに示されている。

ここに樋口画伯に伺ったエピソードがある。画伯がある人に谷崎の署名を頼まれ、紹介状を書いてやったら、後から抗議の手紙がまいこみ、一度も面識がない人にそんなことをするいわれはない、そういう人をよこされても困ると、綿々とつづられていたのだそうだ。画伯は笑いながら「その人に一言書いてやれば、それで済むところを、倍も倍にして書いて寄こしたよ。しかし、そういうところが、実に徹底した態度の持主だった」とおっしゃられていた。でも、画伯が展覧会を開催するにあたり推薦状を依頼したときには、画伯自身に好きなように書くことを任せ、谷崎は署名だけしたそうである。先の場合とは大分事情が異なっている。これは樋口画伯との間に日頃から培われた信頼関係の上に成り立ったとともに、文の内容が専門外であり、自らの執筆（創作）とは異っているから取った処置である。

孫の渡辺たをりさんから、谷崎と映画「ウエスト・サイド物語」を観に行ったとき、これはロミオとジュリエットの引写しだと腹をたて、上映途中で席をけたてて退出したという話を聞いたことがあるが、このエピソードが示す如く、自他ともに、ものまね（盗作）は断固許さない潔癖家であった。

ついでに、『学苑』昭和三十五年四月号に載せられた、太田三郎「トマス・ハーディと谷崎潤一郎」の論文にも触れておきたい。ここには、谷崎が佐藤春夫に、ハーディの作品「グリーブ家のバーバラ」にみられる男と女の関係を逆にした上で、ハーディの発想を「春琴抄」に採り入れたと認めた事実に基づき、両作品の比較・考察がなされている。その中心となる失明と美貌の喪失とは、時間的差異はあっても、共通なものである。ところが、後半にいくほど、両者の相異は明らかとなってくる。

……かくして、二人ははじめて愛人であった。その後の二人の生活はまさに霊肉一致というか、心身ともに互いにむつみあうものである。滅びるものをのりこえ、不易の世界に入った二人の姿は、あわれ、という言葉であらわすのが最もふさわしいであろう。ここに谷崎文学が大正期までにみられる性格から脱却しているのである。「グリーブ家のバーバラ」では、バーバラは醜悪な大理石像におびえて、夫への愛を誓う。この仮偽の愛がだんだんと本心からの愛となり、その間、八年の間に十一人の子供をうんだと語られている。しかし、春琴が美貌を失った後の春琴と佐助との関係は、仮偽の愛情が本物に転化してゆくというものではない。この点は注目すべきである。谷崎文学が至りえた東洋的な深みといわねばならない。

（太田三郎「トマス・ハーディと谷崎潤一郎——〝春琴抄〟をめぐる問題」『日本大学研究資料叢書　谷崎潤一郎』有精堂出版、昭和四十七年、一五六頁）

両作品の到達点が違うといったらよいのだろうか、完成された作品そのものはまったく別物である。「「春琴抄」が、「グリーブ家のバーバラ」を下じきとしていながら、この痕跡をのこさないのは、潤一郎が彼自身の安定した文学の世界をもち、かつそれを表現しうるスタイルをもっていたのが理由である」（同前、一五七頁）とあるが、谷崎には初期において、まだ自分の世界につくり変えるのが芸術的に稚拙だったせいで「潤一郎の初期の作品をみればそのときどきによんだ外国作品の感化を指摘しうるものがある。「途上」や「白昼鬼語」「饒太郎」のような作品にのこるポーやワイルドとの関係がそれを感じさせる」（同前、一五七頁）と、バタ臭さが残っているといわれる作品もある。しかしそれらを含めて、外国作品の探究をすることにより作品化を図るというのは、つまり、「作家が自己の体験にのみ素材をもとめると、構想上の変化をうしなってゆきやすいが、そのとき、外国の作品を材料にして題材や構想に新奇さをうみ出そうと努力する」（同前、一五七頁）、その勉強熱心の表われであり、あくまで、他の焼き直しではなく、彼の問題意識により選んだ、一貫したテーマに貫かれた自身の世界が構築されているのである。

要するに、こと文学の領域に関して彼の目は非常に厳選されたものであり、人からの借りもの、まがいものは勿論、よほど内容をよく把握でき、納得のいったものでなければ、決して、無闇やたらと自分の名を冠することなど許すはずがないということである。『新世間』の顧問にしても、然りである。顧問といえば、樋口画伯のお話によると、これより前に、谷崎は『国際女性』という雑誌の顧問をしていたことがあるそうだ。依頼されたのは津山に疎開していた頃で、京都に出たいと思っていたときだったので、末永泉氏の姉の勧誘にのった形で上京した。『国際女性』という雑誌は女性ばかりの手になるもので、その末永女史は、進駐軍にも関係のある人で先進的な人であったようだ。しかし、後に、この雑誌の顧問は、谷崎の自主的意志でおりている。

なお余談であるが、谷崎は、書生などあまりおかない人であったにかかわらず、末永泉氏は一年以上、書生として勤められたそうである。それは、永観堂近くの潺湲亭に住んでいた当時のことである。「前《さき》の潺湲亭時代」というと、昭和二十一年一月から二十四年四月までである。そして二十二年に、ほぼ時を同じくして、戯曲集『お國と五平　他二篇』（国際女性社、二月一日）を刊行し短篇「熱海ゆき」（『新世間』創刊号）を寄稿している。二十三年五月に「細雪」を完成するまでずっとこれにかかりきりだったので、両社の顧問には経済的な理由もあったのかもしれない。

『新世間』掲載の「熱海ゆき」には「昭和十九年の日記より」と序が付いているが、「疎開日記」の中の、四月十三、十四、十五の三日間を抜萃したものである。国際女性社に寄稿した「お國と五平」にしても、大正時代の作を転用しただけであり、どちらの雑誌社にしても、どんな小品であろうと、その社のために新たなものを、というような意気込みは湧かなかったようである。もっとも、大作「細雪」執筆中であった。『新世間』第三号（世間社、昭和二十二年七月一日）の北尾鐐之助氏による編輯後記に、「谷崎氏は、此頃中少し血壓が高いので　醫師のすすめで執筆を中止、靜養していられる。新秋、快よくなられて、その麗筆で本誌を飾るときの一日も早く來るように祈っている。」、このような記載がある。他の執筆をできない状態でやむをえまい。このとき、谷崎は数え年六十二歳、「高血圧症の思ひ出」（『週刊新潮』新潮社、昭和三十四年）に詳しく健康状態が述べられている。

『新世間』の同人は、平井正衛、北尾鐐之助両氏の他に、曾て『少國民新聞』編輯長であった高原慶三以下、岩崎榮、久住良三、高山憲之助、上田、奥村信太郎の各氏と、まだ三高の学生であった伊部利秋、尾島史朗、高原富保が加わっていた。同じく北尾氏による創刊号編輯後記に、「一月の創刊の豫定が五月に延びた陣痛のなやみはひどかった。計劃の誌名も變へねばならなくなった。」とある。そして、第三号に「「新社會」でなくて、どこまでも「新世間」だ。文字に拘泥するわけではないが、そこに此雜誌の性格があると思つて下さい。いつも現實の世の中にぴつたりとけ合つて、獨善主義を輕蔑しつつ進んで行く。そのうち「新」をとり去つて最初の計畫通り「世間」と改題するかもしれない。」と述べている。

戦後の復興を意図し、戦前を含めた過去を脱却したところで、この一字を落すのが望みであろう。そして、戦後三年目を迎えて物資その他の事情がまだまだ混乱状態が続く中にあってさえ、今や、戦争で虐げられていたものが流出しだし、新たに世間に問いたかったのであろう。そういう動きは、彼らの他にも、巷に氾濫した時期である。先にあげた国際女性社というのもその一つで、社名からも、あらゆる拘束から解きほぐされた彼女らの、国際的な飛躍を願う心情が窺えるような気がする。新世間社創設時、彼らには彼らなりの自負があったのである。

この雜誌の將來について考へてゐることがさしづめ二つある。一つは無名の人々の實生活に卽した生々しい記錄を、文藝の水準まで引き上げて行きたいといふことと、もう一つは、象牙の塔の學者たちを絶えず大衆の中に立たしめるといふことである。大衆のあるところ常に新しい「世間」がある。關西唯一の雜誌として期待して戴きたい。（北尾）

（「編輯後記」『新世間』創刊特別号、昭和二十二年四月一日）

この当時、人々は活字に飢えていた。それで、かなり俗悪な物を含めて出版物が出回った。彼らは、自己を誇るとともに、厳しい批判の目をもって他誌を攻撃している。

雑誌が氾濫してゐるが、それは量の氾濫で、質の氾濫ではない。（上田）

（同前）

……ちか頃の關西の一部の小雜誌をみると、情けないのを通り越して憤慨に堪えぬものがある。われ〳〵は石にかぢりついても、戰ひぬいて、關西の面目のため、紙のためにもあんなものを一掃せねばならぬ。……世の中は「綠蔭讀物號」の氾濫だ。安價な賣物を作ることはやめる。……（北尾）

（「編輯後記」『新世間』第三号、昭和二十二年七月一日）

これは単なる一人よがりではない。時代背景を考慮に入れると、自ら、彼らの姿勢も明確になってくる。

鹿地亘氏によると、毛澤東は、中國の大衆の水準を熱心にいつでも尋ねかけたといふことだが、いまいちばん大切なのは人でも物でもない。大衆の心をしつかりとつかむ力の出現だ。今日のあめりか映畫の發展には、映畫藝術以上のもののあることが新しく論ぜられ出したが、あめりか映畫をみるたびごと、あの國の大衆の智的レベルについていつも考えさせられる。何をやるにしても、まず大衆の智的レベルを上げなければ日本も駄目だ。

大衆雜誌、大衆文藝などいふ名は嫌ひだから、さういふ文字は將來何とかして抹殺したい。この雜誌は、第一頁から終りまで一字殘らず階級を問はず誰にも面白く讀める――雜誌、といふ形をますく鮮明にして行きたい。……

まず取あえず次號は一流作家「随筆特輯」をやる。隠れた關西作家の紹介號もやる。新らしい創作形式の發表も考えてみる。別冊も出す。圖書出版もやる。出版以外の新運動もはじめる。（北尾）　（同前）

彼らの、読者層のとらえ方、出版活動の方向、そして、出版以外の新運動へ発展させていこうとする意気ごみが表われている。

本號と前後して、別册第一創作讀物號（引用註　『別册新世間』創作読物号、昭和二十三年二月十五日）を世に送り出した。村松梢風、眞杉靜江、堤千代、長谷川伸氏等の長篇、土師清二、富田常雄、村上元三、山岡荘八、邦枝完二氏等の短篇、子母澤寛氏の長篇随筆等を掲載し、それに行動美術同人諸氏の挿繪、カット畫を飾り他に随筆十餘篇を入れて、紙數百十二頁、關西發行の雜誌特別號として、異彩を發揮したものだと自信してゐる。

これは大衆文藝揆めつ運動の一つとしてのろしを揚げたもので、安易な讀物雜誌の域を脱しやうと、聊か苦心の跡を見て戴きたいものである。

季刊は、普通號よりも長い販賣期間をもつ利益があるので、擧つて發刊されてゐるが賣らうといふ目的よりも別册も亦、何等かの主張を持つべきだとおもふ。從來大衆文學作家としての本號の執筆者たちがいかにその作品に力をそそいだかといふことは讀む人の誰にも知つて貰へるだらうと思ふ。もうよい加減に、純文藝などの枠はとり除かるべき筈だ。

關西唯一の文化、文藝雜誌としての地位が、だん〳〵と定つて行く。同人たちはその希望に生き得ることを喜んでゐる。（北尾）

（「編集後記」『新世間』第五号、昭和二十二年十月一日）

先に述べていた活動の一環である別冊出版が実現し、空論でなく、着々と、実行に移されている。別冊とはいえ、そうそうたる顔ぶれで、百頁からのものである。そして、別冊にも主張を持たせるべきだと、その意義を力説している。その上、行動美術協会同人の協力のもと、文藝雑誌としての地歩をかためようと努力している。なおこの雑誌は、誌名のわきに、文藝・文化と銘うってある。

昭和十三年七月から十九年八月まで全七十号続いた雑誌『文藝文化』の後続というような観を与えるが、編集者及び同人に、また、出版の地その他に共通点がないので、両誌に関連性はないと考えてよい。両者ともに文学面、芸術面、それぞれに領域を区分せず、視点を広げ、両面から国民文化の向上をめざしていたところから、名付けたのであろう。ただし、『文藝文化』の方は古典を重視しており、内容もより学術的で、両者の対象とする相手は異なっている。引用した第五号の「編集後記」に別冊の寄稿者の名前が列挙されているが、他の号も目次を見れば一目瞭然、大家の寄稿が殺到している。創刊の「クォーター世間話」という欄が「割烹店室」となっていて、瓢亭や吉兆等、谷崎の行きつけの店の主人の寄稿があり、また、創作において、吉井勇、佐藤春夫ら、彼の知己が顔を連ねていると、谷崎のネーム・バリューの賜物かという気もしないではないが、毎号これだけの創作陣をそろえているのをみると、そうとばかりはとてもいわれない。北尾氏など、もともと出版関係の人もいたようだが、編集部によほど顔の広い手腕のある人がいたものと思われる。前々からの実績がなければ、この時期に、世間社という創始したばかりのところから、とてもこれだけのものが出来るとは思えない。

彼らは「大衆文藝撲めつ」の気焔をあげているが、谷崎自身語っているところがあるので、次に引用する。

前に云つたやうな意味で、私は「大菩薩峠」の如き筋で賣る小説の出ることを大變にいゝことだと思つてゐる。低級な講談の蒸し返しを講談よりも尚下等にして、「大衆文藝」などゝ看板だけ塗り變へたのは感心出來ないが、眞の大衆文藝は結構である。沙翁（引用註　シェークスピア）でもゲーテでもトルストイでも、飛び抜けて偉大なもので大衆文藝ならざるはない。たゞ「大菩薩峠」程度の創意と品格はあつて欲しい。

（「饒舌録」『全集新書版』第十六巻、一六八頁）

しかし実際のところ創刊号も一月の予定が五月出版となり、次号の予告のところが二月予告となったまま刊行され、二号掲載のはずのものが三号に延びたり、三号は雑誌半ばで紙質が違っていたり、月刊のはずが隔月となって刊行され続けた等々、「後記」に苦しい事情が述べてある。だが、彼らの姿勢は営利に走らず、すこぶる良心的である。

きびしい用紙難は、現在これが極限で、これ以上増頁することは許されない。紙質も悪いし、あらゆる計畫はみな放棄せねばならなかつた。第一豫告通りのものが作れないでは全く申譯けがない。

文字を小さく、行間を縮める。みだしを小さく、字詰を延ばす。實に嫌なのだが、暫く辛棒して下さい。（北尾）

（「編輯後記」『新世間』第三号）

印刷の方が、停電々々で豫定通り進捗せぬ……

いまの時代、雑誌を定期に發行することが、いかに困難かをしみ〴〵と、體驗した。やうやく軌道には乘つたが、決して安心してゐるわけではない。原稿難、印刷難、用紙難、いばらの道は猶ほつゞいてゐる。（北尾）

（「編集後記」『新世間』第五号）

また第四号の後記ではこのように語られている。

本誌の表紙繪を、リンゴかモモか、ナシかと問ひ合せてくる讀者がある。あれは繪ではない。須田國太郎氏の頭から生れた果物のやうな丸い切ぬきで雜誌の表紙としてはじめてのものなんです。切ぬきの丸味よりも、地色の版を重ねた深みが重要なのだが、よい紙質が得られぬので思ふやうに行かず、いつも泣かされてゐる。

（「編集後記」『新世間』第四号、昭和二十二年九月一日）

国際女性社を辞したのは、お金にからんだ話題が多く、お金もうけを意図した企画にイヤ気がさしたのだと、谷崎は樋口画伯に語ったそうだ。『新世間』の「後記」を読む限り、こちらには他にめざすところがあり、しかも使命に忠実らしいので、そういう懸念はないと思う。また、編集者、同人等の人員構成も前者とはまったく趣を異としているので、おのずと谷崎のかかわり方も異なっていたであろう。

常に文壇というものを避け続け、独立独歩を保っていた谷崎が、戦後、創始した小さな出版運動に力を貸そうとしている点に、注目すべきだ。

中途放棄したわけだが、女性雑誌に手を貸した心情を考察してみたい。

中期の谷崎は、「蘆刈」のお遊様のような、深窓の奥に住まう茫洋とした女人を手がけている。「陰翳禮讃」で述べられたような美を放ち、生気が乏しく、質感、量感とかけ離れたところにある抽象的存在である。従って、声もなく、衣類の一部で示すなど、全体像はベールの奥にかもされ、おぼろにしか浮かび上がってこない。そこへいくと、前期及び後期に登場する女性描写は明確である。時に、露骨なまでにといっても良いくらいである。行動的で若さにあふれ、生気がみなぎっている。前期に描かれた、「痴人の愛」のナオミのような女は、動きがあるといってもそれは単なる自由奔放さで、生のまま備わった美しか持ちあわせてはいない。自然美、つまり、生まれついての肉体美そのものである。それにあき足りなくなった谷崎は、中期には、伝統により培われた﨟たけた美にひかれた。しかし、時代の動きを感知した谷崎は、後期において、「細雪」の妙子のような、自らにめざめ、自分の意志で運命を切拓いていく、いわゆる現代女性に目を注いだ。行動力の中に思考力を求め、そこに知性美を見出したのだ。

……此れからは、いよ〱藝術文化の世の中と相成候ニ付貴女様にも一層御精進御自愛祈上候……

（書簡「昭和二十年十月二十四日、大貫鈴子宛封書」『全集』第二十四巻、四六三頁）

終戦後すぐ旧友大貫雪之助（別号大貫晶川《しょうせん》は詩人・小説家、明治四十三年に第二次『新思潮』を創刊して活躍したが東京帝国大学を卒業した秋に急逝）令嬢鈴子さん宛にこのようなことを言いやっている谷崎が、女性だけの手で出版をしようという雑誌の顧問を引受けた心情は察せられる。

野村尚吾氏に聞く『新世間』

松子夫人を通じ、野村尚吾氏にご教示いただいたことを以下に記す。氏は同人と知己でいらしたため詳細であるが、月刊第二号で廃刊という誤認もあった。

まず誌名について。

最初「世間」という誌名で出すはずだったところ、当時、東京でひと足先に同名の雑誌が発刊されたので、急遽「新」を一字付けて「新世間」と決定した。この裏話は、創刊当時に野村氏が北尾氏から直接聞いたそうだ。山岡荘八、吉井勇らは『新世間』『世間』両誌に寄稿しているが、姉妹雑誌ではない。

編輯兼発行人を務めた平井正衛氏については、確か慶應大学出身で古い大毎マン、とのことだった。主として販売部を歩いてきた人。昭和十六年に秘書課長、その後数年で敗戦。多分、敗戦前後に定年退職し、毎日新聞終身名誉職員。容貌もよろしく身なりにも気をつける温和な人で、いかにも秘書課長タイプ。ずっと営業畑でやってきた人だから雑誌の編集など出来そうになく、奥村信太郎氏の命で発行名義人になったのではないかと、野村氏はおっしゃっている。

奥村信太郎氏は、平井氏が秘書課長時代の社長。当時、高石眞五郎氏会長。『新世間』は、奥村氏が社長退任直後、その退職金ではじめられたもの。当時、高原慶三氏（元『毎日小学生新聞』編集長）は既に社をやめており、北尾鐐之助氏（元写真部長）も定年退職直前。両氏とも奥村社長の信任厚く『新世間』の編集にあたった。中には学生も交えていたのだが、この四氏、定年退職組が中心となっていたのである。野村氏は「いっては悪いが」と断わりながら、時代感覚のズレを指摘し、「こんな雑誌が売れるわけがない」と一驚もし、寂しくもなったと、当時を述懐している。この人々は、氏の社における先輩にあたっていられるからである。

なお、『新世間』の総合文芸雑誌的性格は、如何にも奥村氏好みといわれる。そして野村氏自身、北尾氏に頼まれ、雑報めいたものを書いたような気もするということだが、どこにも氏の名前は出て来ない。だが、急な企画による原稿手配で原稿が足りず、何かないかと依頼され、氏が提供したという織田作之助の原稿は、第五号に掲載されている。これは、氏が新聞の学芸欄（当時、本格的な欄はまだ再発足していなかったが）のために織田に注文したのだけれど、組込む機会を逸し机の中に残っていたもので、北尾氏に大変感謝されたそうだ。ゆえに、大きい見出しで掲載されている。

錚々たる顔ぶれをそろえているが、楽屋裏は苦しかったようだ。そういう性急な原稿入手の結果、日本がひっくり返っている時代なのに、世相と殆ど無関係な閑文字の羅列となったと氏はいい、編集人を年だと嘆じているが、私は逆に、社会で一働きも二働きもした人が、その後に、しかも状況困難にもめげず、世相に踊らされず刊行事業を行ったのはスバラシイと思った。彼らの使命感に共感するとともに、その純粋性を認めたい。そして、この時代、雑誌出版にあたり、一ページ一ページすべて検閲を受けていたのに驚かされた。

谷崎は北尾氏のみならず、奥村氏、高原氏らともよく知った仲だったそうである。北尾氏とは、前述の如く、松子夫人を通し古くから個人的な間柄であった。しかしそれとは別に、谷崎と『毎日新聞』との関係は、明治（大正元年）にまで遡れる。

橋本芳一郎著『谷崎潤一郎の文学』（桜楓社、昭和四十二年）の「谷崎潤一郎作品年表」（三〇二―三二一頁）より抜粋し、谷崎と毎日新聞系とのつながりを以下に一覧する。昭和十年から二十四年までのブランクは、主に「源氏訳」と「細雪」に没頭していたのと、戦争にかかったためである。

日記「朱雀日記」『東京日日新聞』『大阪毎日新聞』明治四十五年四～五月

小説「恐怖」『大阪毎日新聞』大正二年一月

随筆「少年の記憶」『大阪毎日新聞』大正二年四月

小説「少年の脅迫」『東京日日新聞』『大阪毎日新聞』大正七年二月

小説「白昼鬼語」『東京日日新聞』『大阪毎日新聞』大正七年五～七月

小説「母を恋ふる記」『東京日日新新聞』『大阪毎日新聞』大正八年一月から二月

随筆「浦路夫人の内助」『サンデー毎日』昭和三年二月

作品前書「『蓼喰ふ虫』序詞」『東京日日新聞』『大阪毎日新聞』昭和三年十一月

小説「蓼喰ふ虫」『東京日日新聞』『大阪毎日新聞』昭和三年十二～昭和四年六月

随筆「料理の古典趣味」『サンデー毎日』昭和四年九月

談話筆記「猫―マイペット」『大阪毎日新聞』昭和五年一月

小説「夏菊」『東京日日新聞』『大阪毎日新聞』昭和九年八～九月（中絶）

作品前書「聞書抄作者の言葉」『東京日日新聞』『大阪毎日新聞』昭和九年十二月
小説「聞書抄　第二盲目物語」『東京日日新聞』『大阪毎日新聞』昭和十年一〜六月
感想「映画への感想　『春琴抄』映画化に際して」『サンデー毎日』春の映画号、昭和十年四月
作品前書「少将滋幹の母作者の言葉」『毎日新聞』昭和二十四年一月
長篇小説「少将滋幹の母」『毎日新聞』昭和二十四年十二月〜昭和二十五年三月
（後略）

章末に資料として、『新世間』各号と『別冊新世間』の目次を収録する。一号分欠号してはいるが創刊号から翌年の八・九月合併号までを国立国会図書館でマイクロフィッシュ資料として閲覧できる。これはゴードン・W・フランゲ・コレクションの雑誌および雑誌関連文書であり、国立国会図書館とメリーランド大学カレッジパーク校図書館との共同事業によりマイクロ化されたものである。これを見ると一ページ一ページすべてＧＨＱによる検閲を受けていたことがわかり驚かされる。なお『別冊新世間』は日本近代文学館が所蔵している。

武智鉄二との関係

武智鉄二は、演劇評論家として雑誌『劇評』『観照』『演劇評論』を刊行。第二次大戦中、能、浄瑠璃、落語などの名人を集め、少人数で鑑賞する「断絃会」を発足。その費用は月に二万円、現在の金

額で一千万円以上といわれる。この会で谷崎と知り合った。

谷崎は『新世間』第七号に「富崎春昇氏のこと」を寄稿。その中で『観照』の武智さんからの口添えを得たと書いている。武智の夫人は日本舞踊家の川口秀子。両御夫婦ともに長く交流があった。

昭和五十七年、武智夫妻の銀婚記念の作品発表会が国立劇場で開催された折のプログラムを見ると、演目に谷崎作歌の「都わすれ」が上演されている。

1　都わすれ　作歌　谷崎潤一郎／作曲　富山清琴／振付　川口秀子
2　縁の綱　振付　川口秀子／美術　麻田鷹司
3　班女　近代能楽集より　作　三島由紀夫／演出　武智鉄二／作曲　湯浅譲二／作曲　桜間道雄／美術　宮永岳彦／照明　今井直次
4　道成寺　演出　武智鉄二／振付　川口秀子／美術　大山忠作／照明　山口達次

「都わすれ」について、武智鉄二は同プログラムに、次のように解説している。

「武智鉄二・川口秀子　銀婚記念作品発表会」プログラム表紙

この曲は、谷崎潤一郎先生と松子夫人が、戦争中に作られ、戦後歌集としてまとめられた「都わすれ」数百首のうちから選ばれた六首の歌によって、富山清琴師が琴の組歌として作曲されたものです。

第一首第二首は、魚崎にお住みだった先生御夫妻が住吉駅を発って疎開先津山へむかわれる情景、第三、四首は疎開先で都を偲ぶ心情、第五首はむかしの栄華をなつかしみ第六首では夫婦の情愛をなつかしむという風に構成されています。

谷崎先生と富山先生とは夙に御親交があり、新作の歌詞を富山先生から御希望があったとき、両所のお使い役を勤めたのが他ならぬ私でした。谷崎先生は「都わすれ」の作曲を快諾されましたが、さて六首だけを選ぶ段になると、「君、選べ」とのお言葉で、思いもよらぬ大役に私は閉口いたしました。

ようやく六首を選び、おそるおそるお見せしたところ、「これでよろしい」との御沙汰をいただき、真実ほっとしました。

その、私にも思い出の曲を、富山先生御自身の演奏、家内の振付ということで、この記念のリサイタルの序幕に据えさせていただいた気持を、御理解頂けることと存じております。

また、松子夫人からのお祝いのことばも掲載されている。

ご夫婦がめいめいにお仕事を持っていらっしゃる場合、生活の面での調和は極めて難かしいことと推察されるのですが、武智、川口御夫妻は、夫唱婦随、婦唱夫随か、そのどちらでもよいのですが、兎に角立派なお仕事を次々なさって、而も成果をあげながら銀婚式を迎へられましたことは、この上なくおめでたく双手を挙げて祝福させて頂きます。御夫婦の間のことは、想像で推し量られるものでなく大きく細かい思ひやりがあってこそ日日が続けてゆかれると思ひます。その上に、芸術上の御二方の理解の深さは別して（あらゆる点に）強味であると信じます。普通人の知られぬ歓喜もあるかはりに、又普通の人の経験せぬ御辛苦をおありと思はれます。益々円熟の御境地に御幸運も味方に次の御祝を克ち得られますやう祈って止みません。

松子夫人はこの祝辞の中で「普通人の知られぬ歓喜もあるかはりに、又普通の人の経験せぬ御辛苦をおありと思はれます」と述べているが、まさに同じく芸術を志す谷崎に寄り添った松子夫人の実体験から出た言葉だといえる。武智夫妻の結婚に谷崎夫妻が尽力した頃からの長いつきあいで、観世栄夫・谷崎恵美子御二人の結婚式の際には、谷崎の作詞した一中節・花の段を川口秀子が舞っている。

太陽と月

昭和二十二年、『新世間』第四号に辰野隆氏が「「細雪」中巻」と題して寄稿された中から引用する。

先日、文藝を愛する心友と「細雪」に就いて語り合った折友は雪子がこの小説の主人公であるにも拘らず、何となく影が薄いといふ不滿を漏らした。が、僕は僕で、作者が飽くまで雪子を主人公の地位に据えながら、彼女を描く時は常にドゥミ・タントに終始し、却て脇師たる幸子に焦点を向ける描寫をこの小説に必須な方式として是認する旨を答へたのであつた。幸子の風姿や心理は隈なく照らされてゐるにも拘らず雪子の面影や心持は絶えず晝の光から逃れて、薄明の境を去來し、却て讀者をして雪子を様々に想像させる自由と好奇心とを與へてゐる。主人公をこういふ書き方で表現するのは、今まで如何なる作家も敢て試みなかつたところでなからうか。而も、この事は、作者の一時の思ひつきではなく、宿年の企画でもあつたのである。日本の女性には未だ近代的の性格らしい性格が形成されぬ以上、傳統の背景の上に朧ろに浮びあがる女らしさに、一層我等は史的現實を想起し、永き生命を感得するのである。

（『新世間』第四号、昭和二十二年九月一日）

辰野氏は陰翳禮讃を表した谷崎らしい特性を的確にとらえている。周知のごとく幸子は松子夫人、雪子は妹重子がモデルである。この二人について、孫のたをりさんは、その著『祖父谷崎潤一郎』の中で太陽と月になぞらえている。

……私は谷崎潤一郎は、実際には、松子だけでなく森田重子と結婚する気があったのではないかと思う。……一人の女を愛した男が、何らかの事情で彼女を手に入れられない場合、彼女と血のつながりのある女または彼女の姿をしのばせる女を代用にするというのは谷崎が終始追い求めたパターンのようである。……谷崎松子という人が、谷崎潤一郎の作品群を照らす太陽だとすれば、妹の重子は太陽の光なしでは輝やかないけれども、時には太陽の明るさよりも印象的で静かな光を放つ月にあたるのかも知れない。

（渡辺たをり『祖父谷崎潤一郎』六興出版、昭和五十五年、一五頁）

重子さんは渡辺家に嫁いだ一時期を除き、太陽のまわりを回る月のごとく一生松子夫人とともにすごした。

そこで解せないのは、松子さんと末妹信子さんとの関係である。谷崎の書いた『雪後庵夜話』（中央公論社、昭和四十二年）に、「M子は既に妻の權利を失つて家の經濟はN子が握つてゐた。二人の姉は小遣ひが必要になると、子供が母親にせびるやうにしてN子の手からそのたびごとになにがしかを貰つてゐた」とある。他人ならいざ知らず、身内、それも一番近しい妹が夫と不倫関係にあり、こんなみじめな思いをさせられたのは本当に痛ましい限りだと思う。それなのに、スキャンダルで新聞をにぎわせたりしても、信子さんは谷崎家に出入りし、谷崎からもコイさんとして大事に扱われ、交流が続いていたのはなぜであろうか。後に夫を亡くし一人となったコイさんを引き取り看とったのも松子夫人である。芸術家としての谷崎を生かすため、子をおろす決断までした松子さん、コイさんだけでなく、晩年は嫁の千萬子さんへの嫉妬も何もかも封じ込めて生き抜いた数奇な運命の人。御寮人様と呼ばれたあなたの矜持はすばらしく、誰にもまねのできるものではありません。

『新世間』総目次

創刊特別號　第一巻第一号　**昭和二十二年四月一日発行**

表紙畫　須田國太郎／題字　谷崎潤一郎／カット　鍋井克之

熱海ゆき（日誌）　谷崎潤一郎

紅花二章（詩）　三好達治［詩人］

形影居雜詠（歌）　吉井勇［作家・歌人］

歴史（創作）　北条誠［作家］

暗い花（創作）　林芙美子［作家］

白い百合（創作）　大佛次郎［作家］

幻の海（詩）　釋迢空［歌人、折口信夫別号］

これからの大學　鳥養利三郎［工学博士］

書齋から（随筆）　石川達三［作家］

藝文時代の人々（随筆）　成瀬無極［ドイツ文学者］

唳禽莊の母松園（繪と文）　上村松篁［日本画家］

孫の遺産（随筆）　鍋井克之［洋画家］

健康診断（隨想）　今村荒男

瓦屋根（隨想）　内田誠

佛像疎開（隨想）　筒井英俊

京の食べ物（隨想）　三宅周太郎［演劇評論家］

父泣菫の死　薄田桂

雜錄（隨筆）　菊池寛［作家］

夢を見たがる（隨筆）　八木秀次［法学者］

豆ジャガ（隨筆）　阿部眞之助［ジャーナリスト］

藝術面の貧困（演劇時評）　久住良三

元町界隈　無署名

雜色京都　無署名

賁賣屋「赤帽」開業　西正中

禪房從談　大徳寺玉井香山

物語放送のコツ　德川夢聲［作家・俳優］

クオーター世間話（割烹店室）　無署名

アーニイ・パイルの前に立ちて　小林一三［実業家］
スタイルブック（風俗時評）　藤井田鶴子
編輯室

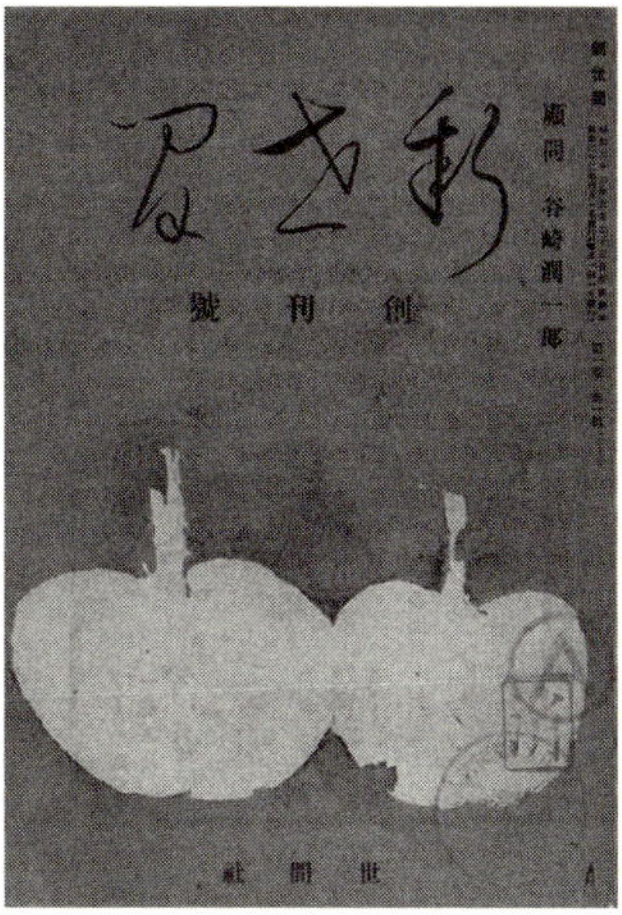

第二號　第一巻第二号　**昭和二十二年六月一日発行**

表紙書　須田國太郎／題字　谷崎潤一郎／カット　鍋井克之
一ツの縁談（創作）　佐藤春夫［作家］
女の悲しみ（創作）　平林たい子［作家］
ある夜景（創作）　小田嶽夫［作家］
鳥海山（和歌）　齋藤茂吉［歌人］
文房奇賞の話（随筆）　竹越與三郎［歴史家］
クルガー圖書館誕生　難波紋吉［文化社会学者］
保守性と事大性（雑誌時論）　中野好夫［英文学者］
梅若万三郎翁（随筆）　佐佐木信綱［歌人］
或る象徴的な身振（随筆）　伊吹武彦［仏文学者］
彼と私（随筆）　巖本眞理［ヴァイオリニスト］
小さな心づかひ（随筆）　柳澤保承［政治家］
刑事裁判（随筆）　松本正一

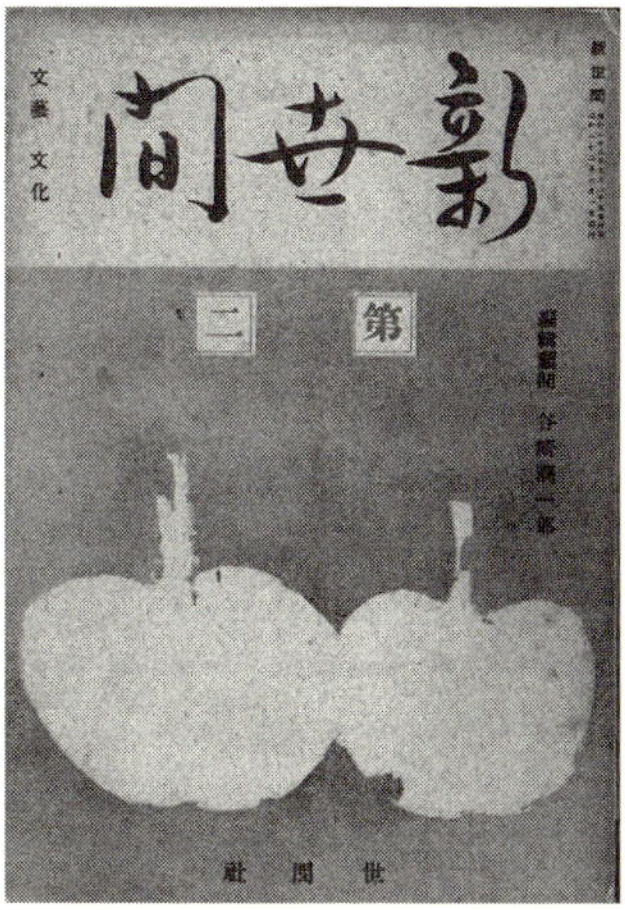

乗務員の見た世相（車掌の日記から）　上月喜代次
消息　吉井勇［歌人・劇作家］、大庭さち子［作家］、笹部新太郎［植物学者］、須田國太郎［洋画家］
編輯後記

第三號　第一巻第三号　昭和二十二年七月一日発行

林檎園にて（創作・六十枚）　鶴田知也［作家］
久遠の女性（詩・遺稿）　野口米次郎［作家］
文人（随筆）　福原麟太郎［英文学者］
ジャバさらさ（随筆）　森田たま［作家］
軒南瓜（随筆）　石塚友二［俳人］
ラヂオの歌謡曲を嗤ふ　兼常清佐［音楽評論家］
私の經歴（民族意識にふれて）（随筆）　林炳耀［ジャーナリスト］
亡夫幽芳のことなど（随筆）　菊池玉枝
はちみつ（随筆）　澁澤秀雄［実業家］
村にはこんな話もある（繪と文）　池部鈞［画家］
クオーター世間話　廣田多津［日本画家］、梶原緋紗子［日本画家］、三谷十糸子［日本画家］、秋野不矩［日本画家］
編輯後記

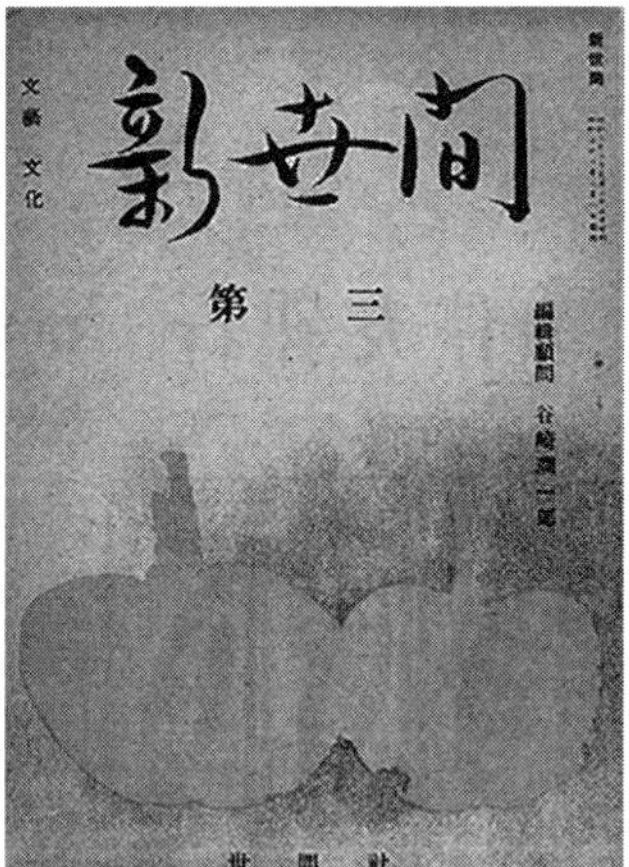

第四號　第一巻第四号　昭和二十二年九月一日発行

題字　谷崎潤一郎／表紙　須田國太郎／カット　鍋井克之・古家新［画家］
随筆二篇　武者小路實篤［作家］
うまい、まづい（随筆）　里見弴［作家］

「細雪」中巻（随筆）　辰野隆［仏文学者］
名家（随筆）　村松梢風［作家］
暑さについて（随筆）　石川欣一［ジャーナリスト］
散文的な神鹿（随筆）　水谷川忠麿［貴族院議員］
哀傷なき葬式（随筆）　北尾鐐之助［ジャーナリスト・カメラマン］
速製兜布と勧進帳（随筆）　金剛巌［能楽師］
復古（随筆）　高田保［劇作家］
惜櫟荘（随筆）　小泉信三［経済学者］
「神の死」とヒューマニズムの發見（随筆）　土井虎賀壽［哲学者］
ヨネ野口先生を憶ふ（随筆）　南江治郎［人形劇研究家］
野球随想　小野三千磨［野球選手・新聞記者］
対話　自殺案内者（創作）　橋本和藏
敗北（詩）　菱山修三［詩人］
鵠（創作）　石上玄一郎［小説家］
編輯後記

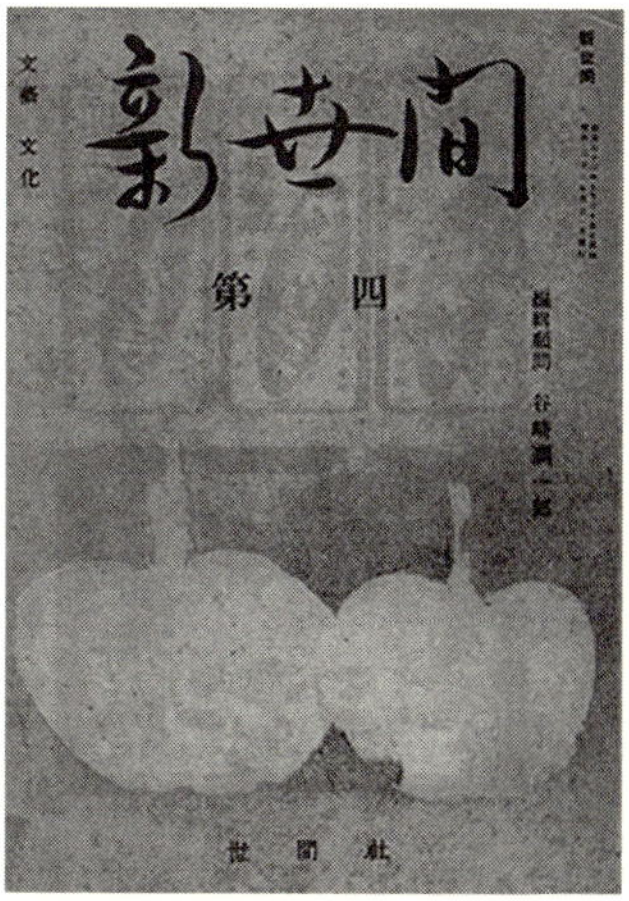

第五號　第一巻第五号　**昭和二十二年十月一日発行**
表紙畫　鍋井克之／題字　谷崎潤一郎／カット　鍋井克之・古家新
長野（創作）　室生犀星［詩人］
饗宴（創作・遺作）　織田作之助［小説家］
壊滅の意識について（文藝時評）　青野季吉《すえきち》［文芸評論家］
月（随筆）　山口誓子［俳人］
歌舞伎雑感（随筆）　円地文子［小説家］
杜鵑の歌（随筆）　日夏耿之介［詩人］

百姓馬鹿（随筆）　吉植庄亮《しょうりょう》［歌人・政治家］
柿（句）　高濱虚子［俳人］
大山郁夫はどこへ行く　岡崎鴻吉［大阪毎日新聞］
ハリウッド・コシップ　ＫＮ生
曾根崎情話　忘れ得ぬ人々（上）　松本しやう女
編輯後記

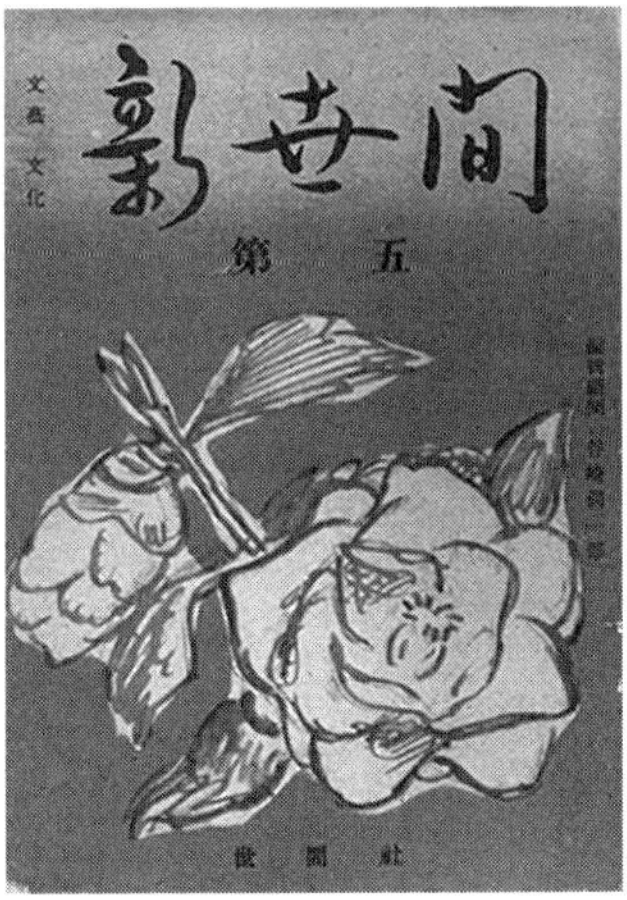

第六號　第一巻第六号　昭和二十二年十二月一日発行
表紙書　鍋井克之／題字　谷崎潤一郎／カット　須田剋太［洋画家］

秋怨（創作）　外村繁［小説家］
アーニー・パイル傳　高原富保［毎日新聞］
島原太夫道中（随筆）　吉川観方《かんぽう》［日本画家］
名所舊蹟神社佛閣（随筆）　堀内敬三［作曲家］
能樂禮讃（随筆）　Ｊ・Ｐ・オーシュコルヌ［関西日仏学館教授］
闘争より共生へ（随筆）　椎尾弁匡《べんきょう》［僧侶・政治家］
追憶と余情（随筆）　穎原《えいはら》退藏［国文学者］
はなびら餅（随筆）　川端道喜［京都和菓子屋］
推理はどこにでもある　木々高太郎［大脳生理学者・小説家］
柿の寫生（繪と文）　富本一枝［作家］
愛される映畫へ　双葉十三郎［映画評論家］
將來の娯樂街　秦豊吉［作家・興行師］
なんぢやもんぢや（歌）　佐々木好母《このも》［詩人］
マイク談義　河西三省《かさいさんせい》［アナウンサー］
紡績の門（詩）　種田徳滋［詩人］
まひる・嵐（詩）　辻田たき子

曾根崎情話　忘れ得ぬ人々（下）　松本しやう女
編輯後記

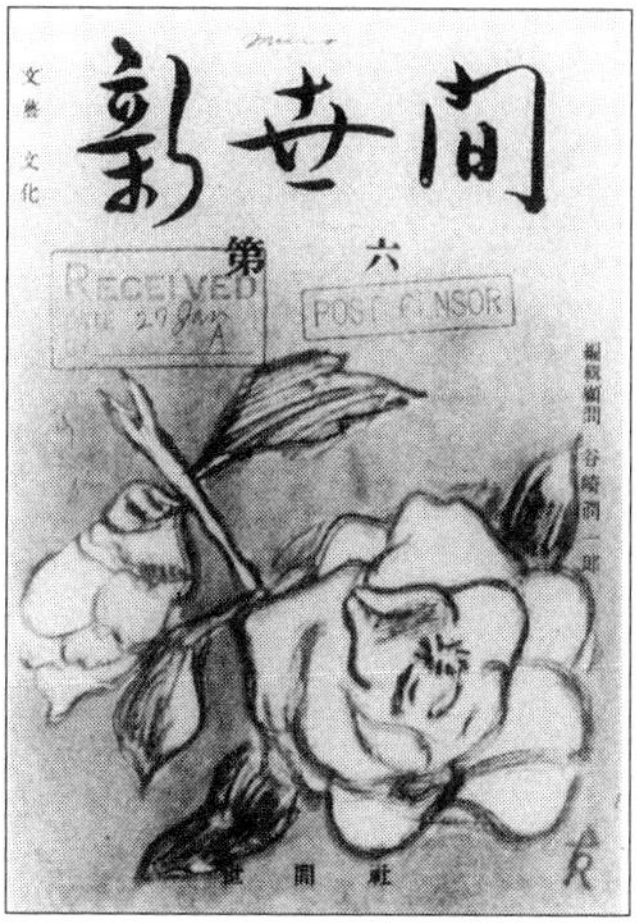

新年号　第二巻第一号　昭和二十三年一月一日発行

表紙畫　山崎隆夫／カット　須田剋太
ひしがれた花（創作）　新田潤
雀百まで（随筆）　小林一三
男と女（随筆）　歬澤秀雄
宮崎春昇氏のこと　谷崎潤一郎
今年の「新世間」　阿部真之助［ジャーナリスト］
信貴山縁起（歌）　吉井勇
白紙の畫讃（随筆）　望月信成《しんじょう》［美術史学者］
丘のある村（随筆）　上坂章次
大和の變貌（随筆）　上田正二郎［毎日新聞］
二十台の宿命（随筆）　藤野克己
映畫界における先輩と後輩（随筆）　北雄三
定九郎（繪と文）　須田剋太
クオター世間話　書店主人室
編輯後記

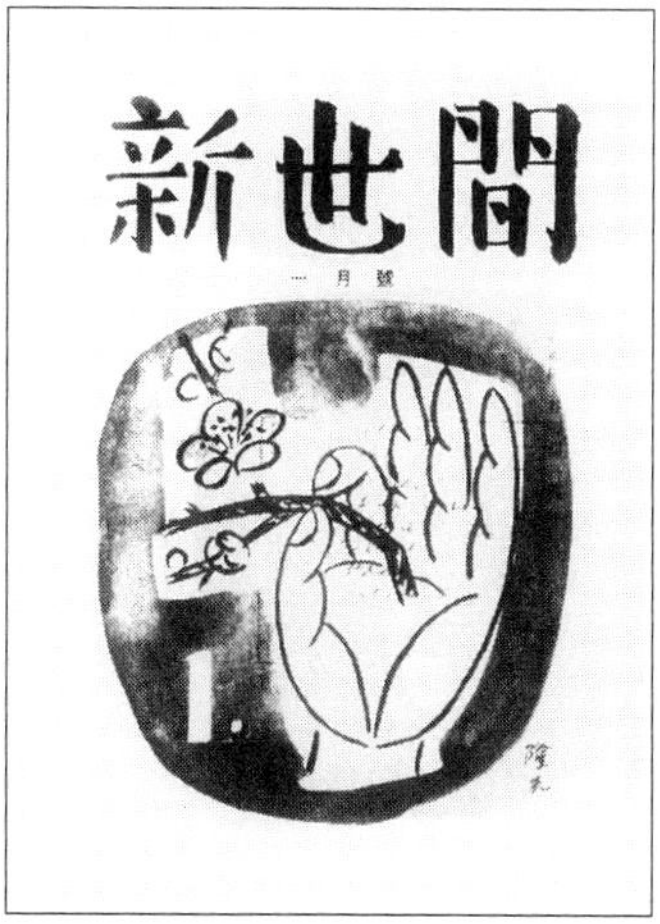

『別冊新世間』創作讀物號　季刊第一号

昭和二十三年二月十五日発行

行動美術協會同人作　表紙畫　小出卓二［画家］／扉畫　福井勇［政治家］／カット　古家新／さし繪　伊谷賢藏［画家］　小出卓二［画家］　古家新　飯田清毅［画家］　田川寛一［画家］　伊藤久三郎［画家］

時は過ぎ行く（長篇）　村松梢風

娘の舞臺（長篇）　眞杉靜枝［作家］

しいちゃん（長篇）　堤千代［作家］

思ひきやの千齋（長篇）　長谷川伸［作家］

抱寝（短篇）　土師《はじ》清二［小説家］

紳士道（短篇）　山岡荘八［作家］

土の子（短篇）　富田常雄［作家］

懺悔（短篇）　村上元三［作家］

熱燗（短篇）　邦枝完二［作家］

材料のことなど　長谷川伸

秋山四題　竹節作太［作家］

人間実川延若　山口廣一［演劇評論家］

錢湯放送もの語　高橋邦太郎［作家］

夏のおもひ出　古川緑波［コメディアン］

目ざまし時計　毛利八十太郎［大阪毎日新聞］

講談　勝田哲［日本画家］

愛猿記（随筆）　子母《しも》沢寛《ざわかん》［作家］

ホームラン　湯淺禎夫《よしお》［プロ野球選手］

二三月合併號　第二巻第二号
昭和二十三年三月一日発行

表紙畫　須田剋太／カット　鍋井克之　山崎隆夫
崖（創作・六十枚）　和田傳〔作家〕
一ツの感想（随筆）　池田小菊〔作家〕
數奇（随筆）　森繁夫〔古筆研究家〕
海苔羽織（随筆）　高原慶三〔茶道研究家・大阪毎日新聞社〕
新しき美　和辻春樹〔科学評論家・京都市長〕
思ひ出づる人々　佐佐木信綱
松岡さんと西尾君　東忠續〔労働運動家〕
東京裁判おぼえ帳　狩野近雄〔毎日新聞〕
東京通信　RK生
ミス・デントン　難波紋吉
二十の扉禮讃　アナウンサー藤倉修一
編輯後記

四月號　第二巻第四号　昭和二十三年四月一日発行

表紙　山崎隆夫／カット　鍋井克之　須田剋太
親切な男（創作）　三島由岐《ママ》夫
息子の戀（創作）　池田小菊
左龍三郎（随筆）　宮田重雄〔医師・画家〕
裸體（随筆）　紙門吉〔作家〕
戀てうもの（随筆）　山内リエ〔陸上競技選手〕
ピアノ異聞（随筆）　太田黒元雄〔音楽評論家〕
都會の再生と繁殖（随筆）　川上逸枝〔生物学者〕

ガンジーとソーロー　志賀勝［アメリカ文学者］
沼蘋母娘のこと　岡崎鴻吉
ハロー日本案内　トミー・タカハラ
破戒　三好修［毎日新聞社］
あの夢この夢　高岡智照尼［尼僧］
文壇通信　アルト・ナイト
編輯後記

五月號　第二巻第五号　昭和二十三年五月一日発行
表紙畫　須田剋太／カット　鍋井克之
時事漫言　中村武羅夫［作家］

づく錢（随筆）　高橋誠一郎［経済学者］
梅咲く日（随筆）　中村汀女［俳人］
陀羅尼助（随筆）　松村實照［僧侶］
ワゴンライブラリー（随筆）　庄野英二［作家］
カブキの性的表現（繪）　須田剋太
鎌倉から　村松梢風
鎌倉・春　久保田万太郎［作家］
蚤の歌（詩）　佐々木好母［詩人］
和洋五もく　内田誠
帝銀事件は何を教えるか　瀧川幸辰［法学者］
名人位果して關西に來るか　樋口金信［毎日新聞］
人間はなぜ煙草を吸うのか　石川欣一
東京通信　RN生
背徳者の手記（創作）　柴田錬三郎［作家］
妻の手（創作）　リラダン［作家］作　永戸俊雄［翻訳者・毎日新聞］譯
編輯後記

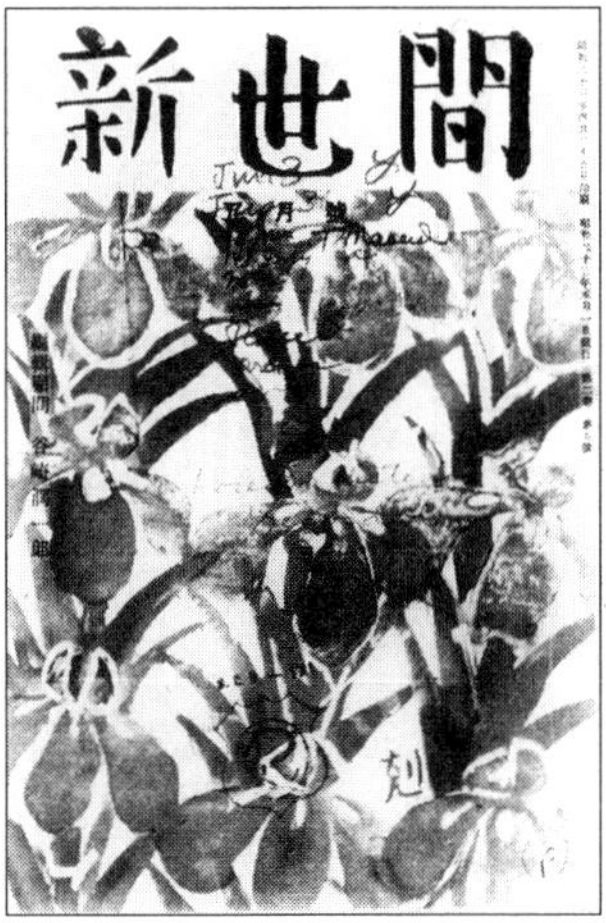

七月號　第二巻第七号　昭和二十三年七月一日発行

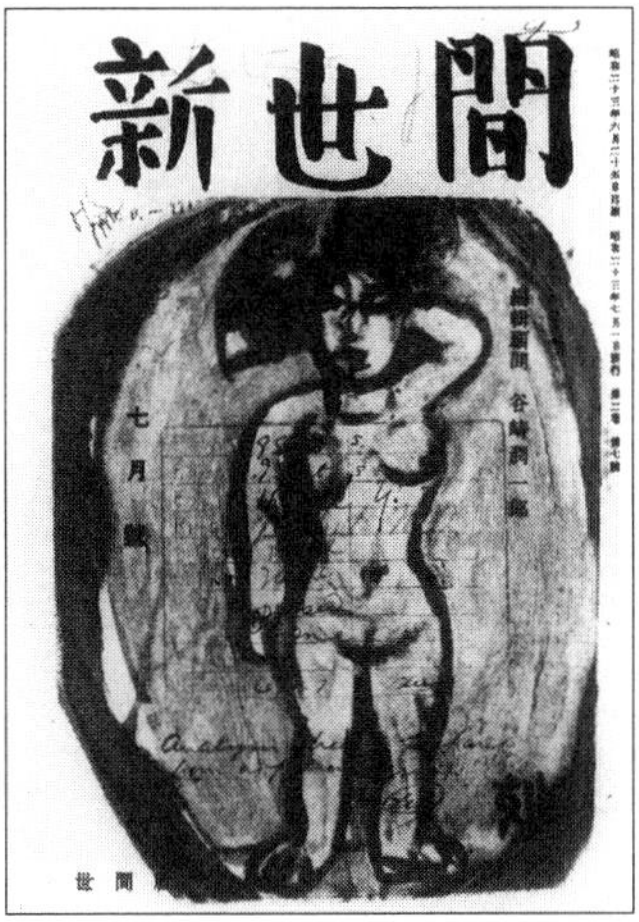

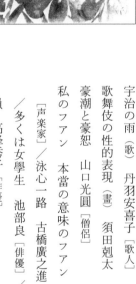

八・九月合併號　秋季特別讀物集

第二巻第七号　昭和二十三年七月一日発行

表紙畫　山崎隆夫／カット　須田剋太　鍋井克之　古家新
幼馴染（創作）　間宮茂輔［作家］
夜の聲（創作）　上田廣［作家］
野の淑女（創作）　穎田島一二郎［歌人］
情史（創作）　守安新二郎［作家］
熱海ゆき（創作）　棟田博［作家］
あの頃の愛情（歌）　赤松高子
パイプ談義　石黒敬七［柔道家］
くろ髪の歌（随筆）　北尾鐐之助
ある戰爭犠牲者（随筆）　山下まさお
一秒寺（随筆）　薄田芳彦［画家］
食味贈答（随筆）　熊原政男［書誌学者］
民衆警察
編輯室

＊『新世間』は国立国会図書館所蔵原本より採録した。『別冊新世間』は日本近代文学館所蔵原本より採録した。寄稿者名の振り仮名および［　］内の肩書きは筆者が補った。表紙には検閲済を示すスタンプが捺してあるものもある。

＊『新世間』第二巻第三号は欠番と思われる。『新世間』第二巻第六号は国立国会図書館で欠本のため不明。

第五章

渡邊千萬子さんと晩年の谷崎夫妻

まずは谷崎自ら、渡邊千萬子さんの紹介を行なっているので、引用する。そして千萬子さん宛の谷崎の書簡の一部を紹介する。

翁（引用註　橋本關雪）の遺族と私たちとが交際するやうになつたのは終戰後、私たちが京都へ出て來て寺町今出川上ル所に假寓してゐた時からで、……そして間もなく南禪寺に家を構へてから、節哉氏の妹妙子氏にも、妙子氏の良人で高折病院の院長である高折氏にも紹介され……高折家の長女で翁の孫に當る今の千萬子と、私の義妹重子の倅（引用註　松子夫人長男）清治とが相愛の仲になつた……二人の間にたをりが生まれた……

（「老後の春」『全集新書版』第二十八巻、二七〇頁）

また千萬子さんへの手紙の一部を引用する。

今度大映で市川崑氏が私の「鍵」を作ることになりましたが主役を京マチさんにすべきか山本富士子さんにすべきかで迷つてゐます……それにつき至急御意見をお聞かせ下されば幸甚です
なほその他の役々についても考を云つて下されバ助かります
僕は君に他に何もして貰はうと思ふことはありませんたゞ新しい時代の智識、風俗、言葉づかひ等について老人の知らないことを何によらず始終教へてもらいたいのですこれは是非お願いします〔行間ニ君でなければ出來ないこと〕です」……

（書簡「昭和三十四年一月二十九日、封書」『全集』第二十四巻、六六八頁）

六一八

……君が男子に生れてゐたら今頃どんなにエラくなつてゐるかと思ひます、尤も男に生れてゐたら美人の資格を失つてゐたかも知れないからやはり女でゐてくれたのが有難いけれども。
……「三つの場合」が出版されます。「千萬子抄」がその中に入れてあります、……
……天才の血をひいて君の半分も賢い美しい婦人になつてくれゝばいゝと思ひますが

（書簡「昭和三十六年三月十二日、封書」同前、六七七頁）

六三六

「老人日記」單行本が出來上りました近日署名しておくりますこの創作が書けたのは君がゐたく《ママ》れたお蔭ですいろ／＼のことで君のお蔭を蒙むることがいよ／＼深くなつて行くのを感じます老

人の最後のところも君の御意見に従つてよかつたと思ひます何かにつけ君をたより過ぎて御迷惑と思ひますが

（書簡「昭和三十七年五月二十三日、封書」同前、六九一頁）

六四五

この間或る人から「君には誰かブレインが附いてゐるんぢやないか、でなければ近頃の作品のやうなものは書けさうもない」と云はれました、そのブレインが一人の若き美女であることを知つたら驚くでせう

（書簡「昭和三十七年七月二十一日、現金封緘書留」同前、六九七頁）

六四七

……「台所太平記」……のゲラを送ります……果して映畫化できるかどうかちよつと疑問に思ふので矢張あなたに聞いてからにしようと思ふのです。……他に適當な女優を思ひついたら云つて下さい

（書簡「昭和三十七年八月十二日、封書」同前、六九八—六九九頁）

六四八

……それでは映畫を許すことにします、實は金もほしいので君の不贊成がなければいゝがと思つ

てゐたところでした
文章上のことも是非注意して下さい、もう少し滑稽味を加へて書いてはいけないでせうか如何……アナタは特別です、この間アナタが穿いてゐた靴、あれを穿きこなせる品位ある足はメッタになし
新派と東寶と、兩方から芝居にする話が持ち上つてゐます、これは是非ともアナタの意見を聞く必要があります……
たび〳〵ウルサク相談を持ちかけて濟みません。……
……モンローの代りに誰かあの場合にあてはまるやうな女優はゐないでせうか、あれば取りかへます、考へて下さい
シナリオは松山氏に賴んでみます
近頃人にホメラレルことが多いので却てウヌボレていけません遠慮のない批判や非難をして下さるのはアナタだけですそのつもりでどしどし教へて下さい
今度京都へ行つたらあの靴を穿いたアナタの足をもう一度ゆつくり拜ませて下さい
「磊吉」は私がモデルなので、なるべく中心人物にしないやうにするつもりでしたが御指示にしたがひ彼を狂言まはしにするやうに今（九）の初めから書き直してゐますコンナコトも君でなければ思ひつきません
委細後便

（書簡「昭和三十七年八月十六日、封書」同前、六九九頁）

六五三

台所太平記の末尾、早速アナタの御指摘に會ひギクリとしました本日家内宛のお手紙にもそのことが書いてあるのを見、恐くなりました、あゝ書いてしまつたものを書直すことはなか〳〵困難ですが單刊《ママ》本の時に何とかするつもりですしかし今となつてお氣に入るやうに直せるかどうか疑問です
老人はやゝともすると氣力がゆるみダレ氣味になります今後もどうかドシドシ活を入れて下さい
アナタに嚴しく叱りつけて貰ふことが是非必要だと思います
もう一つ君に叱られさうなことがあるのですがお目にかゝつてから申します

（書簡「昭和三十七年十二月十日、封書」同前、七〇三―七〇四頁）

六五四

いろ〳〵將來の計畫など考へてアナタの御意見を聞きたいと思つてゐたのですが今度は二人きりで話す機會がなく殘念でした
一昨日の雪げしき描寫の御手紙を拜見して又感嘆しました　先日の志賀高原のと併せて今度婦人公論で發表することをお許し下さい
志賀高原のは先日お話し下すつたやうなのをもつとかき加へて下されば素晴らしいと思ひます
第二便のやうな形にして

アナタのお手紙だけを集めて「千萬子の手紙」と云ふやうな單行本をいづれ出したいです
「中央公論」より「婦人公論」にせよと云ふお話でしたから今度はさうします
正月四日吟
天に星地に千萬子ありけふの春

（書簡「昭和三十八年一月一日、封書」同前、七〇五—七〇六頁）

以上のような書簡の言葉の端々から、特殊な交情の通っていたことが窺える。創作その他、仕事上のことに関する領域まで意見を乞い、千萬子さんの意に沿うか懸念しているのである。

若かりし頃の潤一郎は、佐藤春夫や芥川龍之介相手に論を戦わせ、互いに啓発し合っていた。学生時代、一方の「座談の雄」として君臨していた様は、辰野隆ら旧友が回顧している。それが、しだいに変貌していった。

それがだん〳〵無口になつたのは、物を書き始めてからであるが、無口になつたゝめに客嫌ひになつたのか、客嫌ひになつたゝめに無口になつたのかと言ふと、多分客嫌ひ、——云ひ換へれば交際嫌ひ、——の方が先であつたのだと思ふ。創作家になつたゝめになぜ交際嫌ひになつたのかと云ふと、これにはいろ〳〵理由があるのだが、日本橋の下町に相場師の忰として育つた私は妙な氣取を持つてゐて、當時の文士藝術家と云はれる人々の醸し出す田舎者臭い空氣が嫌ひであつた。……田舎臭いことが嫌ひな私は、自然書生臭いことも嫌ひだつたので、餘程語るに足ると思ふ相手でない限り、めつたに文學論や藝術論などを闘はすこともしなかつた。それと私には、文學者は朋黨を作る必要はない、なるべく孤立してゐる方がよいと云ふ信念があつたのであるが、此の信念は今も少しも變つてゐない。私が永井荷風氏を敬慕するのは、氏が此の孤立主義の一貫した實行者であつて、氏程徹底的に此の主義を押し通してゐる文人はないからである。

（「客ぎらひ」『全集新書版』第二十八巻、二〇三―二〇四頁）

彼のこの態度は信念というほどで、文学論をもちかけて肘鉄をくらった人は、数多といる。初対面はおろか、個人的に親しくしていてすら、そうである。川口松太郎、野村尚吾、古川緑波、木場悦熊等の諸氏が自らそれを物語ったり、物語られたりしている。千萬子さんの場合は、その意見を作品に生かそうと、それに従っている点、単に「語るに足る相手」という以上に高くかっている点に、おおいに注目すべきである。

私の家庭を抹殺して、M子、S子、N子たちの家風に任せ、必要の時は自分だけひとり書齋に閉ぢ籠つて創作に耽る。私は私の藝術上の仕事については何一つM子たちに相談しない。彼女たちもめつたに書齋へ這入つて來ない。また來たがりもしない。たまに這入つて來られると、私は迷惑し、時にはイヤな顔をする。世の小説家の女房は、「己は今こんなものを書いてゐるんだが」と、亭主から相談を受けたり意見を求められたりするらしいが、私は絶對にさう云ふことをしない。M子は私が書齋で何をしてゐるか、今度はどんな小説を書きつゝあるのか、全く知らないし、又知らうともしない。彼女は妹たちを相手に花見の衣裳の相談をしたり、好きな外國作家の飜譯を讀むのに夢中になつたりしてゐる。私のものが雜誌や新聞に發表されても、先づ第一にそれに飛び着くと云ふ風でもない。私も亦さう云ふ風にされないことを望んだ。はにかみやの私は、他人が私の作品を眼の前で彼れ此れと批評するのを嫌いひ、そんな風にされると、その場に居たゝまれなくなつて逃げ出す癖があるのだが、私はその癖を家庭内にまで持ち込んでゐた。

（『雪後庵夜話』三四―三五頁）

文学好きの奥さんがお会いしたがっているとおかみに呼びとめられ、芥川とともに会ったのが、松子夫人との出会いである。そして、谷崎の死後出版された『倚松庵の夢』の文章能力の卓越さからも、高い教養をお持ちの婦人だということが明らかである。にもかかわらず、夫の創作意欲増進に大きな力を及ぼしただけで、実際の創作活動に関与しなかったのは、ここで谷崎自身が述べている通り彼の希望によるからであり、他の同居者もそうであろう。

千萬子さんは一時期を除き生活を伴にしているわけではない。家庭とは切り離された存在で、花の頃短期間逗留しに行くほかは、必要なときだけ音信をすれば良いのである。勿論、谷崎と血縁があり、それによって必然的にできているつながりというのではない。清治の嫁という関係で、立場上のわずらわしさというのもない。そして、彼女が関雪の孫娘に当たるということから、その血筋を重んじる気持が谷崎の内に働いていたとも考えられる。

実際に出来上った作品を読んだとき感じた以上に、創作中の佐藤春夫はおもしろく話してきかせてくれたものだといっている谷崎自身は、彼と違って、創案を口外することをひどく嫌っていた。

私はたゞ小説を書く、――何を主題にし、如何なる材料を取り扱ひ、どんな思想を背景にするか？　それは作物そのものに依つて理解して貰ふより外はない。豫め説明したり、吹聴したりすることはどうも私の性分が許さない。矢張り作家は自分の完き作物として表現するまでその内容を頭の中にぢつと蔵つて置くことが大切だと思ふ。それは恰も今や醗酵しつつある新酒のやうなものである。みだりに外気に觸れさせると醸されるものが醸されないで、稀薄なものになつてしまふ。

（「「肉塊」の筆を執るに際して」『全集』第二十三巻、七二頁）

こう語っていた谷崎は、いつから千萬子さんに相談を持ちかけるようになったのであろうか。多くの作家のうちでも個性の特に強烈な作家で、既成概念や他の動向に決して左右されず、自身の内から出て来たものだけに従い、独自の道を切り拓き続けてきた人だけに、特筆すべきことである。千萬子夫人自身は、「私の知っているのは晩年の伯父様だけだけれども、その頃は、よく言われるように、角がとれて人間が丸くなっていたので、私のいうことも聞き入れて下さったのでしょう」と、おっしゃっていらっしゃったが……。

書簡六四八で称賛している通り、谷崎好みの美しい足の持主で、色白のきめ細かな肌をした、ただ美しいだけでなく才気あふれる女性であったが、何より大事なのは、この千萬子さんと谷崎は非常に波長が合っていたことである。

若い時代には一人でも多くの人を知り、少しでも多くの世間を覗く必要があるかも知れないが、私の場合は、此の先何年生きられるかも分らないし、大體生きてゐる間にして置かうと思ふ仕事は、ほゞ豫定が出來てゐるのである。その仕事の量を考へると、なか〳〵生きてゐる間には片付きさうもないくらゐあるので、私としては自分の餘生を傾けて、それをぽつ〳〵豫定表に從つて片端から成し遂げて行くことが精一杯で、もうこれ以上人を知つたり世間を覗いたりする必要は殆どない。

（「家ぎらひ」『全集新書版』第二十八巻、二〇六頁）

これは、非常に誤解を招きやすい言である。感興を中断されることを恐れ、邪魔するものを何によらず排除することを望んだだけで、よくある頑固なおじいさんが自分の中だけにとじこもって他に耳をかさないのとは違っている。新知識吸収意欲は老いてますます盛んであった。貪欲なくらいそうであったと、千萬子夫人も言っておられた。

たいてい仕事の話が主になったが、その前後の雑談のうち、文壇での話題も時折り出る場合があった。熱海におられることが多く、たまに温泉街の映画館に行かれる程度なのに、じつに文壇事情やゴシップに通じておられるのには、驚くばかりだった。ジャーナリスト稼業として、一応のことは知っている私などより、くわしく早いことさえあった。

（野村尚吾『谷崎潤一郎　風土と文学』二一一頁）

野村氏も舌を巻くほどで、世間への目を閉ざす気がなかったことが、よくわかる。何か疑問や不明瞭な事があると、そのままに捨て置かず新聞社に問いただしたり、英語を忘れないために毎日英字新聞をとり、目が悪くなってからも標題と社説にだけは目を通していたくらいで、終生変わらず勉強熱心だった。

谷崎は文壇に躍り出たときも、自然主義の時流にはのらなかった。そして、戦中戦後は「細雪」や「源氏物語」の訳で明け暮れていたりなど、世の動きから遠ざかり、どこか超然としたところがあるが、決して厭世主義というような類ではない。自分の芸術を、純粋に、他に少しも侵されることなく維持しただけだ。最初から外界の刺激すべてを受けつけないのと、受けつけた上で自分の厳選により取捨して進むのとの違いである。彼の場合、時流に便乗するには余りにも自己が確立していたし、また、妥協を許さない性格であった。しかし、時代に逆行するような動きをする愚はなかった。むしろ、一歩も二歩も、先んじていた。

新たな時代を予測する洞察力に優れていた一例をあげるなら、孫の命名にもそれがいえる。日本語としての語意、読んだときの音の美しさの他に、これからは国際間の交流が頻繁になっていくという、そういった時代にふさわしいようにローマ字の字面をも考慮したという。そして名付けられた愛孫「たをり」さん。現在、そういう名付け方をする人はいるけれど、昭和の半ばに谷崎はすでに、とりいれていたのである。
書簡六〇六から、千萬子を仲介とし、時代の波をとらえようとしている。妻よりも、もう一世代若い年代の生活様式を知りたかったためであろう。Xライン、Yライン等のファッションのことから、流行歌、はやりの色、自動車の型まで、興味の対象は広範囲にわたっていたという。何をいつ、どのような形で、創作の上にもってくるか、時代にそぐわないことのないように常に目を光らせていた、彼の作家意識と勉強熱心さの表われであろう。

千萬子さんは若さをかわれ、知識供給源となっていただけではない。次第に、谷崎にとってかけがえのない人物としてその比重を高め、六四五の書簡では、名前は明らかにされていないが、第三者の目にも顕著となり、指摘されたことを千萬子さんに書き送るまでに至っている。

六三六の「老人日記」というのは、「瘋癲老人日記」のことである。「この創作が書けたのは君がゐたく《ママ》れたお蔭です」と、自ら述懐している「お蔭」という言葉の中には、創作面のアドバイスに対する感謝だけでない、深い意味がこめられている。

六四八で、「磊吉」は自分自身がモデルだといいきっている。そして、断り書きはないまでも、作中老人が可愛がっている息子の嫁には、千萬子さんその人が想定されている。

『瘋癲老人日記』は谷崎文学の中でも特異な感触をもつ作品である。老人が可愛がっている自分の息子の嫁である、若く美しい女性との交流を描いている日記体小説だが、初期の作品の要素や中期の作を思わすものを包含していながら、それらの作品にあった陶酔感がなくなり、珍しく醒めた眼で見ている。そのため諷刺的でユーモアさえただよっている。痴人から瘋癲に到達した人間の喜劇を描いた傑作といわれるけれど、人間の混沌さを客観的に見据えている透徹した眼光が感じられるのは確かである。したがって、老人を描いて老人くささがすこしもない。七十六歳にしては驚くべき作家的意欲であり、気魄というほかない。それには、渡辺千萬子の存在も忘れられないだろう。

（野村尚吾『伝記谷崎潤一郎』四七〇頁）

このような野村氏の指摘もある。

松子夫人とのいきさつは、『雪後庵夜話』で赤裸々に語られているが、千萬子さんに対して、そのように述べている随筆がないのは、立場上からも当然である。しかし、書簡では、彼一流の表現をもって気持を伝えている。六四八「あなたの足をもう一度ゆっくり拝ませて下さい」。谷崎をおいて他に誰が、こういう言い回しをするであろうか。

描くものゝ上では、「自分は作品の中に持って来る女性には相当近づかないと書けない方なので、変に思うかも知れないが、誓って節度を守り羽目を外すことはしないから」と、それも一度きりしか云わなかった。

老来自ら油を注ぎ、火を点じて掻きたてゝいるところも感じられたが、私の苦しんだのは、空想の世界では実際以上の熱情でその炎は白く妖しく行為の上にも及んでいるべきもの、と想うことで、何としても堪え難かった。

　夫の止るところを知らぬ架空の殿堂に、負けないで想念を覗き込ませるそういうジェラシーは現実よりも身をさいなむものがあった。

> 「瘋癲老人日記」は既に能力を失った老人でなければ書けぬ境地であると云われている。
> 　平安朝の男のように女の館を訪れてきぬ〲の別れを惜しむ、そう云う環境を作る可能性はなかったであろうか、私は回想に身も心もゆだねながら、その夜は久し振りに、そも〲逢瀬を重ねた頃の文束を筐底から取り出して読み返した。
>
> （谷崎松子『倚松庵の夢』二一三―二一四頁）

『倚松庵の夢』には、寛大になりきれず、ときに女中にまで嫉妬のようなものを感じたことすらあると、正直に記されている。「逢瀬を重ねた頃の文束」といえば、「……さればあな様《ママ》なしに私の今後の藝術は成り立ちませぬ、もしあなた様と藝術とが両立しなくなれば私は喜んで藝術の方を捨てゝしまひます」（書簡「昭和七年九月二日、根津御奥様宛封書」『全集』第二十四巻、二九五頁）に代表されるようなものばかりである。谷崎が、創作欲を湧かせるものを新たに見出したときについては、「私の娘時代には親戚に女大学を説く若年寄のような人もいて、嫉妬は女の恥。つゝしむ可きと周りには身を挺して範を示している女性も多かったので、自然そういう感情を抑制するならわしになっていた。夫が傍に寄せつけて置きたい人は一緒に大切にしなければと事実考えていた」（『倚松庵の夢』二一一頁）と書かれている。

古風で慎み深い夫人は、夫の心変わりをなじるより、夫のために、ともに喜ぼうとしている。しかし、そこには一抹の寂しさがただよい、妻として、女としての苦悩が秘められている。『倚松庵の夢』には、松子夫人の心の機微が織り込まれている。

最晩年の谷崎には、千萬子さんをはじめとした若い、新しい女性によりもたらされた刺激が、文学作品の中に、ある変化を持って表出していることが明らかだと指摘される。そこで、谷崎のそういう変遷を間近くながめていらした夫人の心をさぐってみたい。

是等の相ついで贈られる手紙に対して事の重大さを感知すると共に、生命を賭けても芸術至上の此の偉大な作家を深く理解し、順応して行かねばならぬと心に誓った。それには世間の思惑等を気にせぬ鷹揚さと勇気を持つことであった。

翌年には春琴抄に執りかゝっているが、此頃になるとすっかり佐助を地でゆく忠実さで、もうけられた座が結構過ぎて時に針の蓆に感じられる日もあった。好奇心と嫉視との中で私は耐えることゝ、演出家のイメージを害わぬように神経を使うことに疲れて、病気勝ちであった。私を案じる人たちは、次の作品に又新たに霊感を与える人が必要な場合が起るに違いなく、其の時に私が憂き目を見るからと、忠告をうけたことは度々であったが、私は何となく知られることは、前述の手紙で分る通り、それは既に芸術の世界に外ならず、いかに空想力が非凡に豊と雖も、自ら設定した芸術上の世界に自分を没入させなければ真に迫力のある物が描けないのではないであろうか、と、私なりに考察された。

（谷崎松子『倚松庵の夢』七五—七六頁）

このときから既に、単に夫に連れ添うというのではなく、芸術家谷崎潤一郎に貢献するという意識が、かなり濃厚にあった。芸術と夫人と二者択一を迫られたら夫人を取るといい、また、夫人あっての創作、夫人のための創作といいながら、結局、そういわせているのは彼の芸術家魂のなせる業であったのだ。

彼は死の床についてまで、執筆したいという欲望をその念頭に維持し続けた。そして、「次の作品に又新たに霊感を与える人」が現われ、松子さんが「憂き目を見る」日が来るであろうという周囲の人の助言を現実とする事態に当面させた。彼を新しく魅了するものへと、芸術家魂が常にかりたてていったのである。彼の芸術の新たなる展開が女性によりなされる傾向があるというのは、夫人にとっては、ある時期において無上の喜びをもたらしたが、その晩年においては、悲嘆に身を引きずり込んだのである。しかも、後者の場合に、夫人が立ち向かう相手というのは、実は、出現した女性ではなく、夫の中にいる芸術家魂なのである。それを承知で連れ添ったにもかかわらず、晩年の夫を間近く見ている夫人の目は「老来自ら油を注ぎ、火を点じて掻きたてゝいるところも感じられた」（『倚松庵の夢』二一三頁）というあたり、冷徹で、しかも、女心は身もだえている。

丁未子が身を引いてくれた態度ハ大體に於て潔く、夫人に對しても務めて惡感情を忘れ將來は仲好く暮さんとする意志にて、此れも偏へに小生の心事と藝術とを理解してくれてゐる結果と、此れ亦感謝に不堪候、……

（書簡「昭和十九年五月六日、笹沼源之助・喜代子宛封書、」『全集』第二十四巻、三二〇頁）

芸術家としての谷崎にとって松子夫人は、改めていうまでもなく、丁未子夫人においてもそうであったように、その他多くの女性の芸術への理解と愛情があったことは見逃せない。谷崎個人の非凡な才能は勿論、彼女達の助成があってはじめて、彼の文学の世界が成立したのである。谷崎王朝といわれるが、まさに、その中にあって彼は光源氏の観がある。そしてやっぱり、紫の上に匹敵するのは、松子夫人をおいて他にはいない。

私は、五十を越してから今のやうに毎日仕事が出来ようとは思つてをりませんでした。源氏のやうな大部の仕事のできますのも全く御寮人様の御蔭で厶います。源氏を訳して居りますと、御寮人様の幻がいくつも／＼眼の前に浮かんで参ります。あれはほんたうに御寮人様の住んでいらつしやる世界です。御寮人様と云ふものがいらつしやらなかつたら、私は今頃もつと／＼年を取り元気をなくしてをりましたでせう

（谷崎松子『倚松庵の夢』二一六頁）

同書で紹介されている、昭和十一年十月十五日消印の谷崎からの書簡である。松子夫人の幻影をこの世界に呼び寄せその調和を語っているが、紫の上のイメージと結びつけてはいない。しかし、私に

は、紫の上と松子夫人とのイメージが重なる。

……第二部「若菜」から、源氏が女三の宮を正妻に迎えてのちの紫の上は、源氏に裏切られた女としての苦しみと絶望を味わっていて、その苦しさに耐えている……

（瀬戸内晴美「ロべっぴん」『遠い風近い風』朝日新聞社、昭和五十年、一四四―一四五頁）

女三の宮に相当するのが、晩年の谷崎の文学作品に新風を吹込んだ、千萬子さんを中心とする、年若い女性群である。

……そのころの紫の上は、もう源氏を信じてはいず、愛だ恋だということをのがれたく、男のいらぬ世界に想念は及んでいた。「男だけを見つめて、自然のままに反応していた狭いけれども純粋な女の境地にはもう帰れぬ。そのことが紫の上の不幸のような気がする」と、清水さん（引用註　源氏物語研究者清水好子氏）は書いていられる。その紫の上の心の風景は荒涼としてあまりにも痛ましい。

（同前、一四五頁）

源氏にどの女よりも愛され、かしずかれてきた女の中の女として描いた紫の上にも、この不幸を他の女たちと平等に与えている。

『倚松庵の夢』の中から、この論と共通した女の嘆きが聞こえてくるように思える。女性であってみれば、恋する人には、いつも自分の方を向いていて欲しいと思うのも当然であろう（なかには、束縛のように感じて嫌う人もいるが……）。確か、石川達三の小説「結婚の生態」の中にあった言葉だと思うが、「女にとって結婚は生涯の就職で、男にとってのそれは、社会事業だ」というのを読んだことがある。谷崎潤一郎は耽美派といわれ、耽美という字は、美にふける、または美におぼれるという意味で、美、つまり彼にあっての美は常に女性の中に存するので、その対象である女性に心身ともにうち込む。他の人のように一面的に対するのとは大きく異なっているように思えるが、実は、この一般論にかなっているのである。

源氏のようなのを口べっぴんというのであろう。しかし相手の心を動かすには、口さきだけのべっぴんでは決して目的は達せられない。おそらく源氏のような天性のドン・ファンは、女にむかって、かきくどいている時は、自分のことばを自分でも信じこんでいて、その甘いひびきに、まず自分から酔っているのだろう。
名優の演技は酔うと出来ないそうだが、女たらしや男たらしの演技はまず自分から酔わないと相手を納得させせないのではないだろうか。

（同前、一四六—一四七頁）

谷崎の場合は、自身が名優であり、かつまた演出家であったのだ。松子夫人も、「演出家のイメージを害わぬように神経を使う」(『倚松庵の夢』七六頁)と、演出家という言葉を用いている。その『春琴抄』を地でいく生活は、谷崎の意図によるもので、一見、相手に我を忘れている体裁をとりながら、自身の必要性を相手に強いているのであって、自己を失うことは決してなかったのである。

再び『倚松庵の夢』から谷崎の書簡を引用する。

次に、静かな所にゐなければ仕事が捗らぬと云ふ意味は、御寮人様に対する感激がうすらいだ意味ではございません。感化感激を文学に移しますには、やはりそれを基礎にして或る空想を生むだけの経過が必要でございます。歓喜とか恍惚とか、その他いかなる感情でも、その興奮の最中には表現の余裕がないものにて、それを一遍ひやゝかに沈静せしめて、始めてその感情の性質が、自分にも分り人にも伝へられるものでございます。私も御寮人様の御側にをります時の方が遙かに愉快でございますけれ共扨それを芸術的感興として味はひ、且表現いたしますのには、或る程度の瞑想の時間と孤独の環境とが必要になつて参ります。これはくれぐれも誤解遊ばさぬやう正しく御憫察下さいますやう懇願申上げます。私は製作の仕事が好きでございますけれ共、それより一層御側において頂いて御寮人様や御嬢様方に御奉公いたします方が好きでございますから生計の道さへつきますならば喜んで文学などは放棄いたし、生活を以て直ちに芸術といたします。目下の唯一の悲しみはそれが出来ないことでございます。

(谷崎松子『倚松庵の夢』二一八—二一九頁)

生計の手段にすぎないといっていた執筆から谷崎が解放されることは終生なかった。いつからか主客転倒し、執筆により生まれるものが彼の芸術の体現となり、目的化されてきた。実生活すなわち芸術ではなく、それとは別に、夫人をも介入させない空間が、常に連れ添って存在していたのである。執筆が、谷崎における社会事業なのだ。

夫人は、谷崎の芸術に深い理解をお持ちでいらっしゃるし、社会事業に全身全霊をあげて打ち込む真摯な姿にひきつけられもしようが、作家の定めとして、目が外よりも内、事業が家庭内に基盤をおいている不幸を味わっていらっしゃる。

罰当りと思われるかも知れぬが、私とて女の身、普通の夫婦として睦みたいとどんなに望んだことであろう。しかしながら、それは、いつどうと云うこともなく極めて自然に一応夫婦らしさを装うことが出来るようになったが、「雪後庵夜話」にある通り、ある隔てが置かれていたことは、女心に最後まで寂しい限りであった。

（同前、八〇頁）

これは、谷崎死してはじめて、夫人が胸をわった言葉である。

「源氏物語」は勧善懲悪を目的にして書いたものではない、物のあわれということを主にして書いた読み物であるから、儒学者の言うような是非善悪の区別をもって臨むのは間違いである、物語の中の人物の善し悪しは自ら別で、儒者心をもって測ってはいけない、という本居翁の説は卓見であるとは思う。しかし今挙げたような上手口を叩く男は今の世にも沢山いて、どういう物指をもって測っても、感心する訳には行かない。自分の父であり、一国の王者である人の恋人と密通しているということは、「物のあわれ」という眼から見れば同情できるでもあろう、まあそこまでは許せるとしても、そういうものがある一方で簡単に別の情婦をこしらえたり、その情婦に甘い言葉をかけたりするということは、どうも許せない気がする。私はフェミニストであるから、余計そういう気がするので、これらの男女の関係が逆であったら、それほどにも思わないのかも知れないが、「源氏」を読んで、いつも厭な気がするのはこの点である。

（同前、一〇四―一〇五頁）

『倚松庵の夢』より引用したが、『婦人公論』昭和四十年九月号に発表され、谷崎の絶筆となった「にくまれ口」の中の言である。

千代夫人よりその妹せい子に心ひかれ、松子夫人に魅了され、丁未子と離縁し、そして、千萬子ら若い現代女性へと、あくなき追求をして、松子夫人にも憂えを覚えさせていることを思うとき、谷崎の文学は、女性崇拝を旨としながら女の涙に彩られて成立したといえるし、彼が本当のフェミニストであるか疑わしい。単なる浮気心でなく芸術魂に源を発する純粋な心をもってその時々の女性に対していたとするのなら、源氏のあわれを含んだ女性達への接し方に、もっと共感をいだいてもよいのではないかと思われる。

源氏との類似性が、かえって反発心をもよおし、最後に「にくまれ口」を書かせたような気がする。彼の場合、表現は常に逆接的なのである。「春琴抄」でハーディーの「グリーブ家のバーバラ」の男女を入れ替えたように、源氏もそうあったら良いといっている。もし入れ替えたとしても、彼ならば受身の形でその世界を支配している男しか、結局、描かない、というより、描けないであろう。彼の構築するものはすべて、このパターンの変形にすぎない。

谷崎の文学は、あくまで男の側に立ったものだということを、もう一度、強調しておきたい。女性を崇拝するというのも、相手を尊重する気持から発するのではなく、彼の嗜好する美が女体に存するからであって、それを見出したのも、さらに輝き増すために磨き上げたのも、彼中心なのである。女性は彼の美への渇望を満足させるがために、それがより効果的に行われるがために、彼の趣向により、丁重に扱われるにすぎないのである。「刺青」の娘は、気付かずにいた自らに存する魔性の美を引出してもらい、教えられたときに彼のワナにかかったのだ。刺青師は第一号の生贄とされたが、実は彼にとっては望むところで、いってみれば、そこまで計算ずみだったのである。

吉井勇逝去の折、谷崎は病の床にふせっていたので、名代として千萬子さんが葬儀に参列し、弔辞文も代りに彼女がしたためた。もっとも彼女一人に任せきりにはせず、列席なさった樋口画伯にその模様を絵に描いてもらったり、ずいぶん思い入れが深く、彼との交りがいかに厚かったかが察せられる。とにかく、こういう場合の代理を務めうる彼女には、何によらず、伯父様ならこれを好むとか、伯父様ならこう見る、こう感じるということを察知し、ときに応じて要望にこたえられたのである。それは、彼への追従というのではない。だからこそ、愛され、可愛がられたのである。

平成三年、八十八歳で松子夫人逝去後、千萬子さんは『谷崎潤一郎＝渡辺千萬子往復書簡』を平成十三年、中央公論新社から出版。その後、平成十九年、岩波書店から『落花流水　谷崎潤一郎と祖父関雪の思い出』を出版。その一二八頁に、こうある。

それについて一人思い出す女子学生があります。もう名前も忘れましたが、鎌倉の人でした。卒業論文に谷崎を取り上げるというので、法然院のお墓に参り、その後で私を訪ねて来たのでした。きちんとしつけられたいいお嬢さんでした。ほんの一〇分くらい、いろいろの質問に答えましたが、松子にも会いたいというので住所などを教えて、一応都合を聞くようにと言ったのです。その後どうなったのかは全く知りませんでした。松子が亡くなった時に、びっくりするくらい大きな鎌倉の「鳩サブレー」の箱入りが、「松子さんにお供えして欲しい」と送られて来ました。よほど親切にしてもらったようで、それはそれは感謝していました。松子の内助の功の一端の現れです。

このようにお書きになった中の「鎌倉の人」というのは実は、私のことです。半世紀前には、お嬢さんと呼ばれるときもありました。

第六章　谷崎の本質及び将来性

谷崎は、生粋の江戸っ子である。だから江戸文化のもたらした「意気」「通」を誇示すると同時に、そこにない貴族的なものやエキゾチシズムを羨望し、いどんでいった。その際、町人特有の功利を持ち、血統の純粋性だけを求めず、気に入れば、悪にも醜にも俗にも躊躇せずその中に飛び込み、内にひそむものを引出しむさぼる土着の根強さを具備していた。そして常に足ることを知らず、あくなき探究に身を投じ、幅を広げていった。ただし、彼は学者でも、道徳家でも、宗教家でもない。谷崎潤一郎そのものである。たゆまず精進し続けた勉強家だが、その過程において何の段取も踏まないし、規約、束縛にもしばられず、自己の欲するままに歩み続けたのである。関があるとしたなら、それは自己を試し、制覇するために、自ら設けたものである。

既成観念、主義、世相も無視した。といっても、時流は敏感に感知していた。ただ、それに踊らされるようなことがなかったのである。だから、良ければ、好きなように摂取していた。あえて逆らったり異論を唱えるなど波風をたてることは、出来うる限り避けた。そして、我流を貫徹することにだけ全力投入し、それを人に強いることもなかった。「たとへ神に見放されても私は私自身を信じる潤一郎」（『現代小説全集』第十巻谷崎潤一郎集、新潮社、大正十五年、巻頭言に収録された筆蹟）、こういう信念を持ち、自己にのみ忠実。

「我といふ人の心はたゞひとりわれより外に知る人はなし」（『雪後庵夜話』三頁）。昭和三十八年に詠んだ歌である。あっぱれ最後まで自己をたて通した人である。

それから、プチ・ブル的なところがある。自己中心的ということは、それだけ自意識が強くわが身を危険にさらすことはしない。そして、失うもののない身なら「俗」「醜」「悪」にまみれても、ひらきなおって泰然としていられもしようが、彼の場合はわが身をいとおしむ気持が強い。身を賭す際に、彼の見識、知覚による吟味がなされ、非論理的なかに必ず一線が画され、決してそれが踏みこえられることはなかった。非論理的といったのは、既成のもので計るのではなく、彼の感性により基準が定められることを意味している。

要は感覚的に示唆する『惡の行為』が深刻に多量であればあるだけ、歌舞伎劇の持つ特有な感じに陶酔せられると云つた譯になる。その意味から云へば、愚劣なる狂言より多く『惡』の分子が濃厚と云ひ得よう。云ふまでもない、矛盾や非論理的なところにこそ、人の官能を異常に刺戟する『惡の齎らす一種の快さ』を感ずるからである。

（「感覚的な『悪』の行為」『全集』第二十三巻、六七頁）

彼の感性は悪のもたらす快感を受け入れているが、知性は愚劣を見極め、別に存在している。すべてわきまえた上で、悪をないがしろにしないのだ。彼の文学はこの快感を基調とし、悪魔主義ともいわれた。ゆえに弾圧されることも何回もあり、「殊に私の書く物などは、永久に彼等（引用註　検閲当局）と相容れる日がないかも知れない」（「發賣禁止に就て」『全集新書版』第十四巻、五九―六〇頁、大正五年初出）と自ら書いている。しかし彼は、自らの方向を決してまげなかった。

「墮落」のごときも、惡人を描いてあるとは云ひ條、結局は「不道徳」でも何でもない。それには「私の考へる道徳」が入つてゐるから、究極は善の心持を描いてあるのだから。
（「脚本檢閲に就いての注文」『全集新書版』第十四巻、二二九頁、大正十一年初出）

先ほど、一線を画すもの、といったのは、まさに、このことを指していったのである。世間一般の枠には入りきらないが、彼の芸術家としての良心による歯止めは設置され、野放図なのとは違う。ゆえに健全なのである。悪の中に快感を見出したからといって、決して、それにより人間性を冒瀆しようなどという意図は微塵もない。快感を享受することが生きる上での喜びを与え、人生を謳歌するもとでとなると考えたのだ。そして、彼は早くから、自分の資質を悟っていた。

「己は子供の時分に己惚《うぬぼ》れて居たやうな純潔無垢な人間ではない。己は決して自分の中に宗教家的、若しくは哲學者的の素質を持つて居る人間ではない。己がそのやうな性格に見えたのは、兎に角一種の天才があつて外の子供よりも凡べての方面に理解が著しく發達して居た結果に過ぎない。己は禪僧のやうな枯淡な禁欲生活を送るにはあんまり意地が弱過ぎる。あんまり感性が鋭過《するど》ぎる。恐らく己は靈魂の不滅を說くよりも、人間の美を歌ふために生れて來た男に違ひない。己はいまだに自分を凡人だと思ふ事は出來ぬ。己はどうしても天才を持つて居るやうな氣がする。己が自分の本當の使命を自覺して、人間界の美を讃へ、宴樂を歌へば、己の天才は眞實の光を發揮するのだ。」

さう思つた時、春之助の前途には再び光明が輝き出したやうであつた。

（「神童」『全集新書版』第五巻、八四頁）

これは、春之助の名を借りて、自分の心中を吐露したものである。彼の使命を達成するには、悪のもたらす快感を抽出し、提示する時に、何らかの手段を用いて人間性破壊をとどめなければならない。

「恐怖時代」は、陰謀と裏切りと殺人の連続する劇であるが、読後の印象で言うと、次々と悪人の滅びて行くさまに一種の爽快な感じがあり、人物の動かし方も、文楽の人形じみたところがあって、筆致もまた人形劇的効果を予期している。従って、歌舞伎の殺し場の絵画的手法にも近く、ある点では装飾的要素の強いものである。

（伊藤整『谷崎潤一郎の文学』中央公論社、昭和四十五年、五〇―五一頁）

文楽などの人形劇について、谷崎が「初昔」で述べている通り、人形劇はときに、俳優が演ずる以上に残酷な実感を呈することがある。そこで、人間を人形劇的に動かし、同じ実感を出そうとこの作品で試みたのであろう。伊藤整が人形劇的効果を予期したと指摘する通りである。私はここに、ただ芸術的快感をねらった一策というほかに、人を人とせず、人形としてみることにより、どんなにそれが非道であろうと、道徳などを持ち出さずに、客観的にみられるようになったのだと思う。また、執筆においても筆を鈍らせないための一策となったに違いないと考える。

谷崎はあくまで芸術に忠実であろうとしたに違いないが、彼のユニークさは、その根源を今までなかったところに見出した点にある。そのため作品化にあたっては、社会の規制以上に、自己において、どこに一線をひくかが常に問題となってくる。その内部対立の解決手段が登場人物の人形化であり、作品の物語化である。創造の世界の中では、自由に羽がのばせるのだから。

社会・経済・哲学等の欠如をうんぬんされるが、彼の意図するものを描出するのに、それらの必要性は認めなかった。谷崎も、そういう批判があるのは勿論承知していたであろうが、「神童」で、それらを捨て去った如く、割切ってマイ・ペースで押し通した。時代に密着し、風俗記としての価値を持つものもあるが、彼の望むところは、創作の中に存在する。

勉強家で、自然主義、写実主義の技法は採り入れている。良いと思ったものは何によらず摂取しようという意欲と、柔軟性を持っていた。ただし、世相を表すときにも、生活臭はそこにはない。そこに、不満を抱く向きもあるようだが、彼の芸術のそもそもの成立ちを思いやれば、求める方が無理なのである。

実に近代日本の文学は「如何に生くべきか」ということを前提として育成され、評価されて来たのである。大まかに私見を述べれば、個人がその敵を自己の外部、国、社会、階級、悪人などに見出すものとして、自然主義、社会主義、白樺派、プロレタリア文学等が日本文学の正統を形作って来た。そしてその系列に多数の、すぐれた作家を出していることは否定できない。しかし、それと別に、敵を個人の内側、人間性の深部に発見し、そのエゴイズム、色情、異性崇拝、憎悪、嫉妬などのために倫理、秩序感が崩壊する恐怖を描くことによって実在をとらえる文学の系統が現代には存在すべきなのである。

（伊藤整『谷崎潤一郎の文学』中央公論社、昭和四十五年、二五―二六頁）

明治文学以来、物語作家への風当りは冷たく、如何に生くべきかが主流になっていたことへの批判が以下にも見られる。

三島　ぼくは、しかし谷崎さんを大谷崎というふうに偉大という観念で考えるときに、いつもつまずくのはね、ヨーロッパで十九世紀からあと偉大という言葉が使われるときには、必ず根底にヒューマニズムがあって、それでヒューマニズムの作家、ヒューマニズムの哲学者。それはどういうヒューマニズムでもいいんだけれども、そういうものに立脚したものでなければ偉大と呼ばないんですね。日本にもその影響があって、偉大なるシュバイツァーとか、偉大なる野口英世というとよくわかる。非常にわかりやすいヒューマニズムだから。だけど、偉大なる谷崎というときに、何を標準としていいか、これは西洋の標準じゃちょっとわからないと思うんですよ。谷崎さんの作品は、ほかの作家は比肩できないくらい量的質的に高いけれども、それじゃ、偉大というこことそういうこと、どういう関係があるか。そこでみんなが戸惑うんじゃないかと思うんですよ。

舟橋　そうかもしれませんね。

三島　だけど、日本人というのは、何もヒューマニズムの哲学をもっているから偉大なんじゃなくて、日本語というものをあそこまで代表した作家なら、偉大じゃないか。ヒューマニズムなんて西洋の輸入物なんだから、少なくとも日本の文学伝統の上に立って、それをあそこまで、日本語のああいう美的な大構築物をつくったというだけでも、偉大なんじゃないか。そういう意味では、美術家や建築家の偉大と似ているんじゃないかと思うんですよね。

舟橋　国家が弔旗を出さない、あるいは勲一等を出さないというところにもね、谷崎文学におけるヒューマニズムの欠如があるんじゃない、という心配が世間にはあるんだな。

三島　あるんですよ。それはみんな西洋かぶれなんですよ。いちばんみんなが判断に迷うのは、そこだろうと思うんですね。

（「船橋聖一・三島由紀夫対談　大谷崎の芸術」『中央公論』昭和四十年十月号、特集谷崎潤一郎追悼、中央公論社、二八三頁）

如何に生くべきかということを念頭に置くのは必要だ。しかし、それが学問の代用にすぎない狭義なものになってしまったら、憂うべきことである。谷崎文学をみても、それにのっとってはいないし、また、社会規約との軋轢がしばしば生じた。しかし根本において、健全であり、それまでになかった視点から人間真理探究がなされ、こういう方法をもって初めて触れえた深層の核質があった。言いかえれば、彼は彼独自の方法で、文学の領域をさらに拡張したのである。読む側の私達も、旧概念にとらわれていては把握しかねる大きな存在である。物語文学にしても、閑文学として片付けてしまっては、新たな発展はありえない。

彼の作品は、善悪より美醜の方が重んじられている。そして美と醜、相反する二者をもてあそび、その刹那に美を見出している。谷崎の美人及び情のとらえ方は、決してベッタリせず、殺那的、その意味で、日本的美観の伝統にかなっているといえる。前期においては、万人に通用するようなストレートな美にひかれたが、それにあきたらなくなってくると、そのうち「知る人ぞ知る」となり、そして最後には、いかにも好々爺といった心情をみせたかにみえたが、その心底は、先の歌に読まれた如くで、遂には孤に帰してしまった。

谷崎は確かに、日本人として破格のバイタリティーにあふれている。作品の量においても質においても他を圧倒するものがある。そして、濃厚な感じを与える作品も多い。色調もきらびやかで、かつ色彩感にあふれている。西洋のハイカラ趣味や関西のコッテリしたところをくぐりぬけ、さらに、遅筆のもたらした技か、練りに練られた粘り気がある。また、単調を好まず、逆説的、技巧的に粋をこらし、ある雰囲気をかもし出すので惑わされ易いのである。しかし、本質は、日本的かそけさを持つものである。それが高められ、「陰翳禮讃」も誕生したのである。あの作品は、特殊な状況のもとで成立したわけだが、それ以前以後を通じて彼の内に潜んでいたものである。孫の愛し方にも、それが出ている。

たをりが好きになりましたのはどう云ふ譯か、自分にもよく分りません。自分の孫とは申しながら、血のつながりは全くございません、手前には一番縁の遠い孫でございますが、前々から申しましたやうな手前の癖で、その縁の遠いところ、孫らしくない孫であるところ、他人に近い子でありながら而も「おぢいちゃん」と呼んで貰へる間柄であるところ、そこが手前には工合よかつたのでございませうな。

（「當世鹿もどき」『全集』第十八巻、四六九頁）

谷崎は血縁をうとんじた。そこには逃れられないきずなが有り、束縛を受ける。しかも自分の意志によるものではなく、否応無しの宿命である。谷崎は、相手に寄りかからず、また寄りかかられず孤を保ち、その上で相手との折々のかかわりを喜ぶタイプの人である。冷静に見つめ直そう。谷崎は長生きして良いものをいっぱい書いているのに、既成概念、あるいは一時期のみをみて決めつけられているところが多分にある。

『蘆辺の夢』（中央公論社、平成十年）の中に松子夫人は次のように書いている。

古い句に「夜目遠目傘の内」とか言う。判り露《あらわ》に見えるよりどんなに美しく見えるか分らない。垣間見とか、自然でも木の間かくれの景色がなお心に残るものである。

現代は日本の女性も含羞《はにかみ》がなくなったと聴く。谷崎は羞恥がすなわち女の色気と言っていた。それでも最近欧州からの四、五年ぶりに帰国された方の話に、今も外国の婦人方が男性より一歩出ている場合、日本の女性方は半歩下がっているので、大変謙虚に感じられると言うのである。そして他国に比べて本当に優しく親切な美しい心を持っている人達が多いそうで、嬉しい事に思った。諸外国の人々からも高く評価されている謙譲の美徳を失わないで欲しいものと切に希われる。女は女らしさが生命であろう。

最近若い人達が、古いものは新しいと思考されている傾向もあって、奈良や京都の寺々の仏たちが若者の心を惹くのでもあろう。

日本の芸術の美を取り上げると限りがない。元来、日本人程、日常風流心を持っている国民は、比《たぐ》いなく、かような心を持って造られた美術品においては、今更枚挙に遑《いとま》がない。自然美、造型美、陰翳の美、女性美とあらゆる日本の美を誰よりも礼讃し尽している谷崎を屢々《しばしば》、ここに持ち出して恐縮の至りである。

（『蘆辺の夢』一六二頁）

多々ある物語作品のほか「陰翳禮讃」と「文章讀本」をお読みいただければ、いかに谷崎が日本文化と日本語に留意し造詣が深いかを知り、何度もノーベル文学賞にノミネートされるほど海外でも高い評価を得ていた理由をわかっていただけると思います。それなのに谷崎死して半世紀以上たった今、特に文学に関心のない若い人達に、谷崎を知らない人がかなりいるのに驚かされました。聞くと、教科書に載っていないからといいます。若い世代にこそ、谷崎のとなえた「陰翳禮讃」の美意識を引き継いでもらいたいと切に願います。

谷崎潤一郎墓、京都市左京区鹿ヶ谷法然院

資料編

谷崎松子夫人より筆者宛封書　昭和四十九年十一月

美しい御懇ろの御状嬉しく拝誦　卒論に多くの作家の中を谷崎をお選み下さいました事だけでも何とも云い得ぬお親しさを先づ感じました　未発表の資料まで御入手御承諾も得ていらっしゃる以上どうか御力を十分表して下さいませ　つきましては私の知る限りの事は拝姿の上お話申上げるのが一番手っ取り早いのではないかと存じます　もう日もあまりないのではとお案じ申しております　御住所で実はお電話も調べさせて頂きましたが判り致しませんでしたので取り急ぎ認めております　生憎私今日出京の用件がございまして二三日滞在の予定で十六日以後御都合で湯河原までお運び頂けないでしょうか　お役に立つかどうか分りませんが御見事な論文を（それも誰も気付いていないような発見を）と心から切望されます　酒井様の御事も記憶致しております　どうか御都合おしらせ下さいませ当方は〇四六五―六二―五六八七でございます

走り書で失禮とは存じましたが時間がなくて常に毛筆を使っておりますのでペン字はいささか不得手なのでございます　もしお目もじできますれば本当に嬉しうございます　昨夜お手許にと存じ近代文学館の春琴抄の復刻版に失礼ながら署名させて頂きました　初版と少しも変らず紙も対に漉かせて作製されたとき、ます

かしこ

谷崎松子

高村令子様

御前に

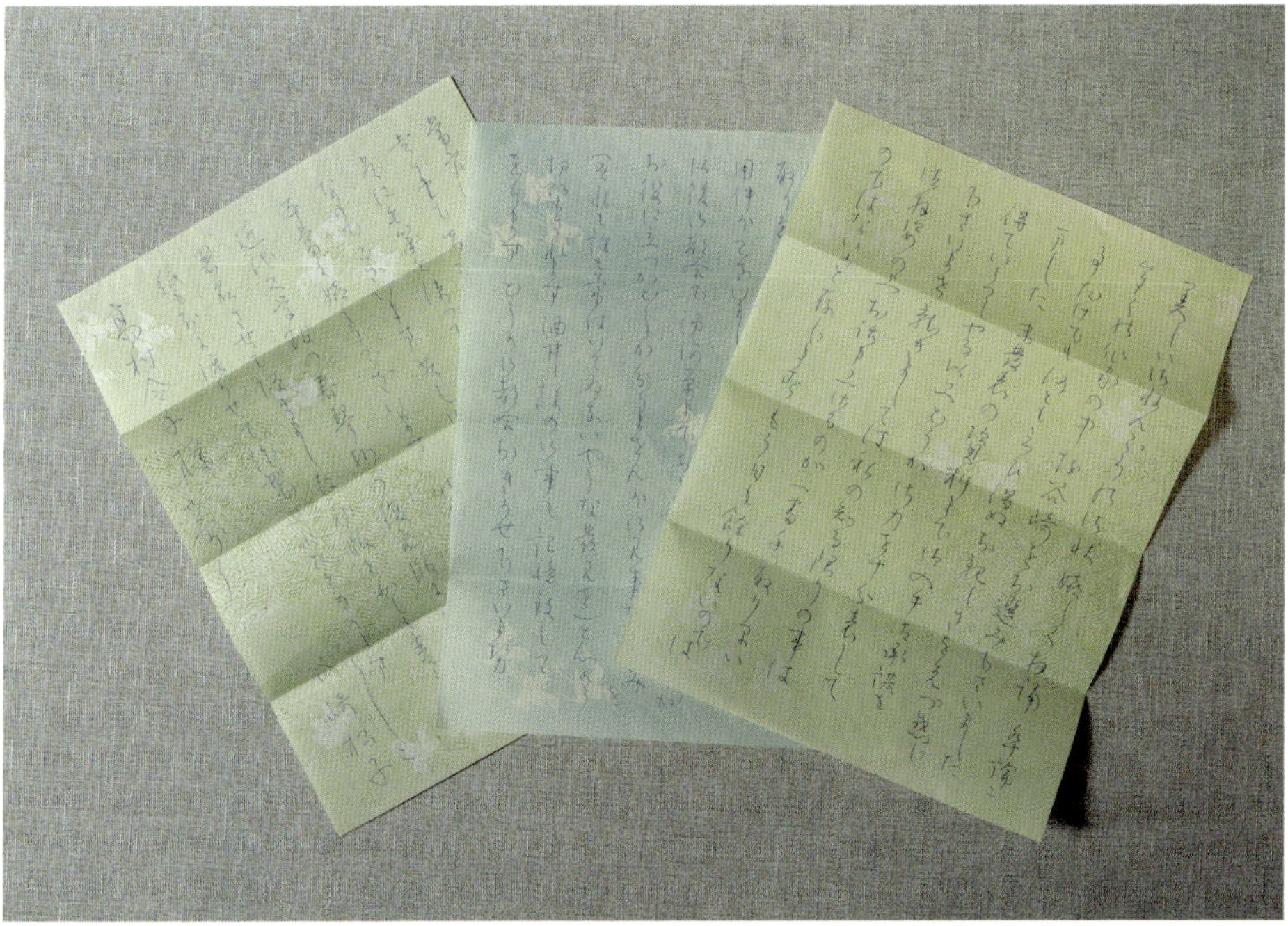

谷崎松子夫人より筆者宛封書　昭和四十九年十二月

先日は御懇ろの御状嬉しく拝誦　その後論文御進展の事と存じます

野村尚吾様にお訊ね下さいました御返書が届きましたのでとにかくお送り申上げます

お願いになった山口広一氏も私共親しくお交り頂いております大阪毎日の劇評家でいらっしゃいます

お役に立つところもないよう思われますが……　お気が向きましたらこんなところでも御来遊下さいませ

筆末ながら御両親様へよろしく御風聲下さいませ　おかぜめしませぬように

あらあら

松子　より

令子様

御前に

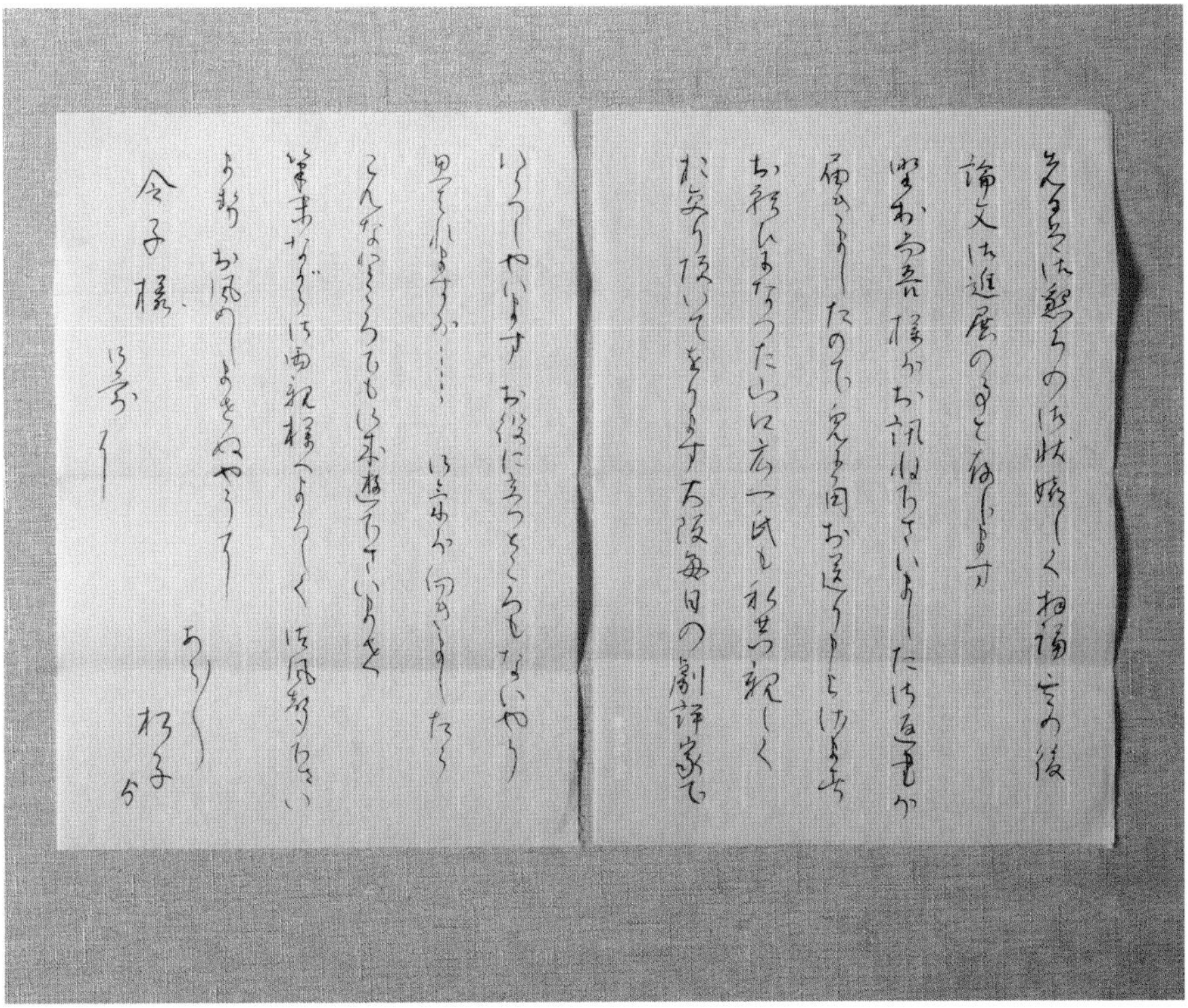
先日は態々の御状嬉しく拝誦その後
論文は進展のこと存じます
[illegible]様からお訊ね下さいましたは[illegible]
[illegible]したので先日お送り申しあげました
お[illegible]になつた山口広一氏と私共親しく
お交り願いて居ります大阪毎日の劇評家で
いらつしやいます お役に立つところもないやう
思はれますが…… 此の上何か御座いましたら
どんなところでも[illegible]下さいませ
筆末ながら御両親様へよろしく[illegible]下さい
[illegible] お風邪めしませぬやうに
かしこ
杉子
令子様
[illegible]

谷崎松子夫人より筆者宛封書　昭和五十年四月

御卒業おめでとうございます
それにしてもあれ程の熱意を持って谷崎に取り組んで下さったのに今更頭が下ります
御状頂きながら雑用繁多で心ない失礼を申し上げました
吉野葛のゲラよくお手に入りましたね　創元社と思はれますが担当の方他界よくわかりませんが
六十七の方谷崎自身の校正と見られる所がございます
装幀はほとんど自らの着想でございます　嶋川信一は信子の主人でございます（裏面へ失礼致します）
木津家は根津（私の前夫）の大叔父でお店に功労のあった人ですが子どもがなく一時恵美子が養女になっておりました　まだ〳〵お話申し上げとうございますが後便に譲ります　御気が向いたら御来遊下さいませ

かしこ

谷崎松子

高村令子様

御前に

ご卒業おめでたうございます
それにしてもあれ程の熱意を
もって谷崎を取り組んでこさつた
けつこまお願かなうこの五
ちかとすべる雑用紛らうで
しまい失礼をいたしました

吉野葛のゲラよくお手にいりま
したね創元社と思つてゐるのすが
担書の方他男うよろうのきんが
二十七の方谷崎自身の校正と
そくかちかにてございます
装帳八扮と自らの著せてひふ
す崎川信は信子の主人でい
らつしやよす（裏面へちあけ作を）

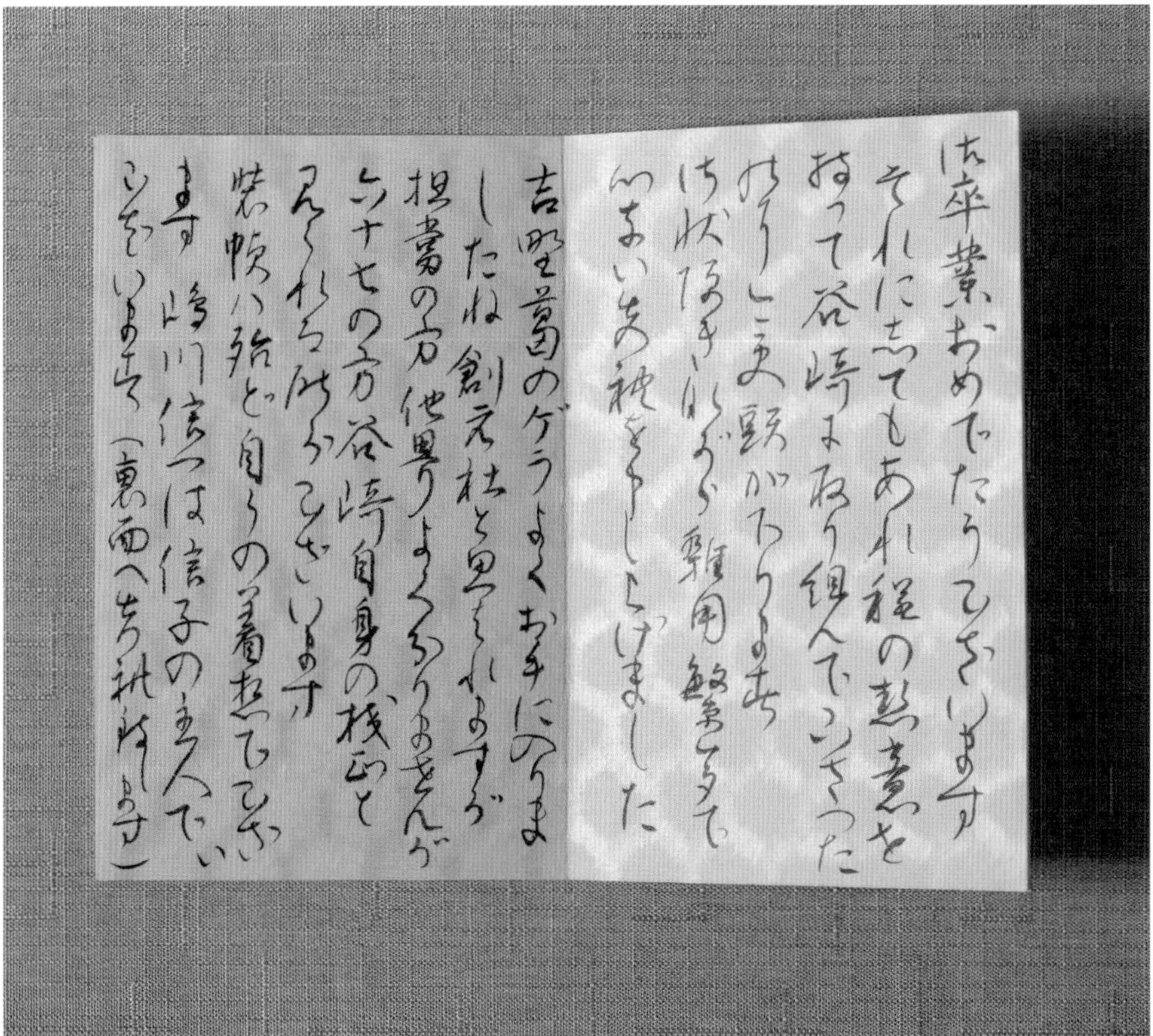

谷崎松子夫人より筆者宛封書　昭和五十一年二月

寒中にしては暖かく穏やかな日が続いております
今年は殊に佳い初春をお迎えのおん事とお喜び申して居ります
旧冬は怒ろに真に恐れ入りました　大好きなラベンダーの香りにうつとりと致しました
お見事な御卒論拝読　酒井様の資料をよく活かされてゐて実にあれだけお力を注いで頂けたと感激致しました　時に他作の評論を読んでゐるやうでございました
流石に大学の方でも認めてゐるので私まで誇らしうございます
御努力御好意に深く御禮申し上げます　今少し春めきましたら（裏面へ）御来遊下さいませ　さま〴〵お話申し上げとう存じます　旧冬来感冒から首が廻らなくて痛みペンも持てませず　心にかゝりながら大そう失禮おゆるし下さいませ
時分柄御皆様［四字不明］つを念じます

谷崎松子

高村令子様

御前に

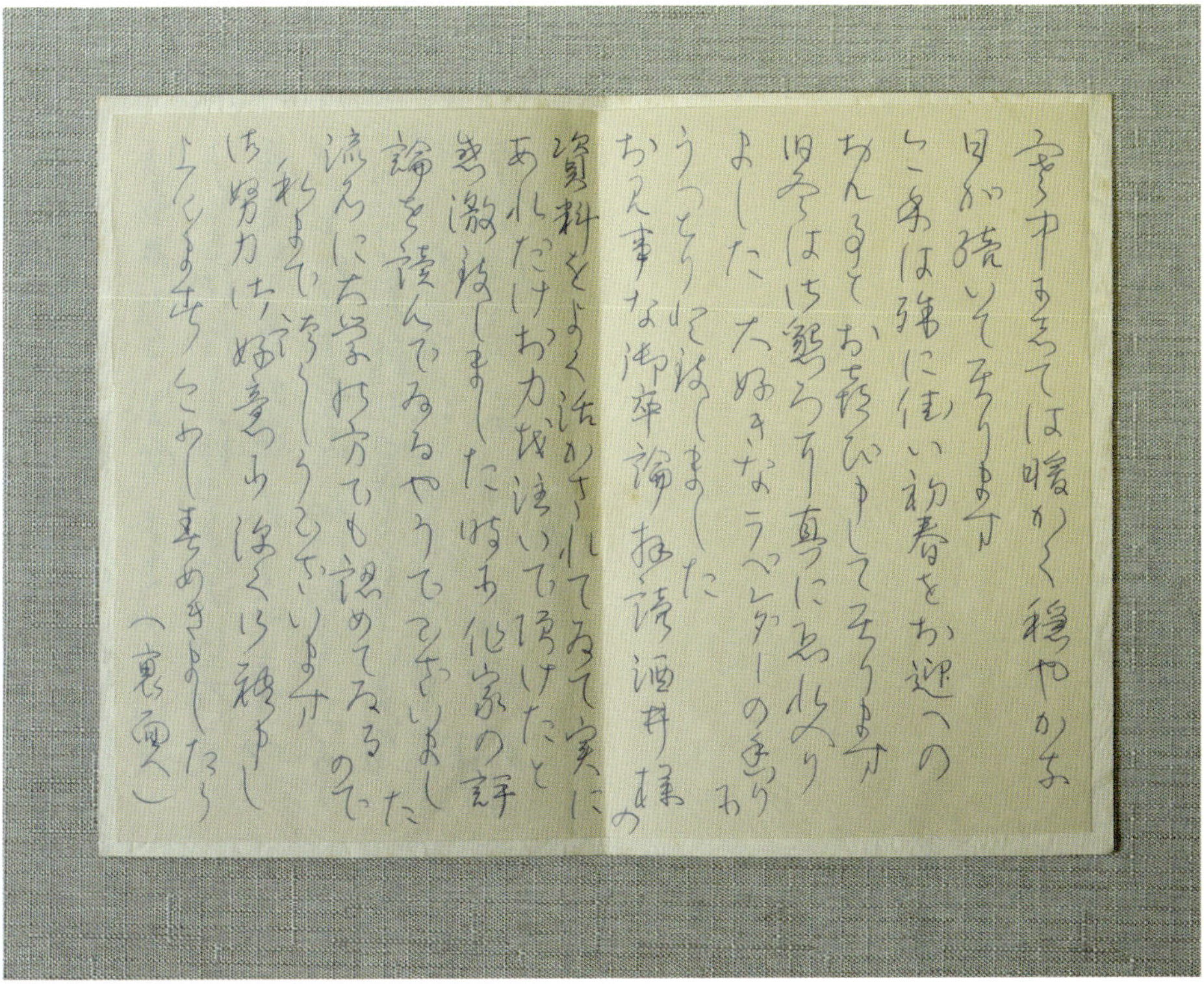
寒中までは暖かく穏やかな
日が続いて居ります
こ年は殊に佳い初春をお迎への
おんこと お喜び申して居ります
旧冬は御懇ろ有り 真に忘れめり
ました 大好きなラベンダーの香り
うつとり 致しました お
見事な御卒論 拝読 酒井様の
資料をよく活かされてゐて実に
あれだけお力が注いで頂けたと
感激致しました 時々 他家の評
論を読んでゐるやうでございまし
た
流石に大学の方でも認めてゐるので
私まで誇らしうございます
お努力と好意に深く感謝し
よくもまあ ここまで まとめましたら
（裏面へ）

谷崎松子夫人より筆者宛封書　昭和五十二年八月

御結婚おめでとうございます
末永く御多幸を祈り上げま寿
思ひがけなかっただけに事更慶びも倍加致しました
谷崎も縁《えにし》につながるようすで他人事には思はれません
御目にかかつて御祝詞を申しあげたいものでございます
少し涼しくなりましたら揃ひで御来遊下さいませ
楽しみにお待ち申して居りま寿
日々楽しく明るく仕合せにみちた時を御過ごしでいらっしゃいませう
耐え難いお暑さにお負けになりませんやうに

谷崎松子

今令子様

御前に

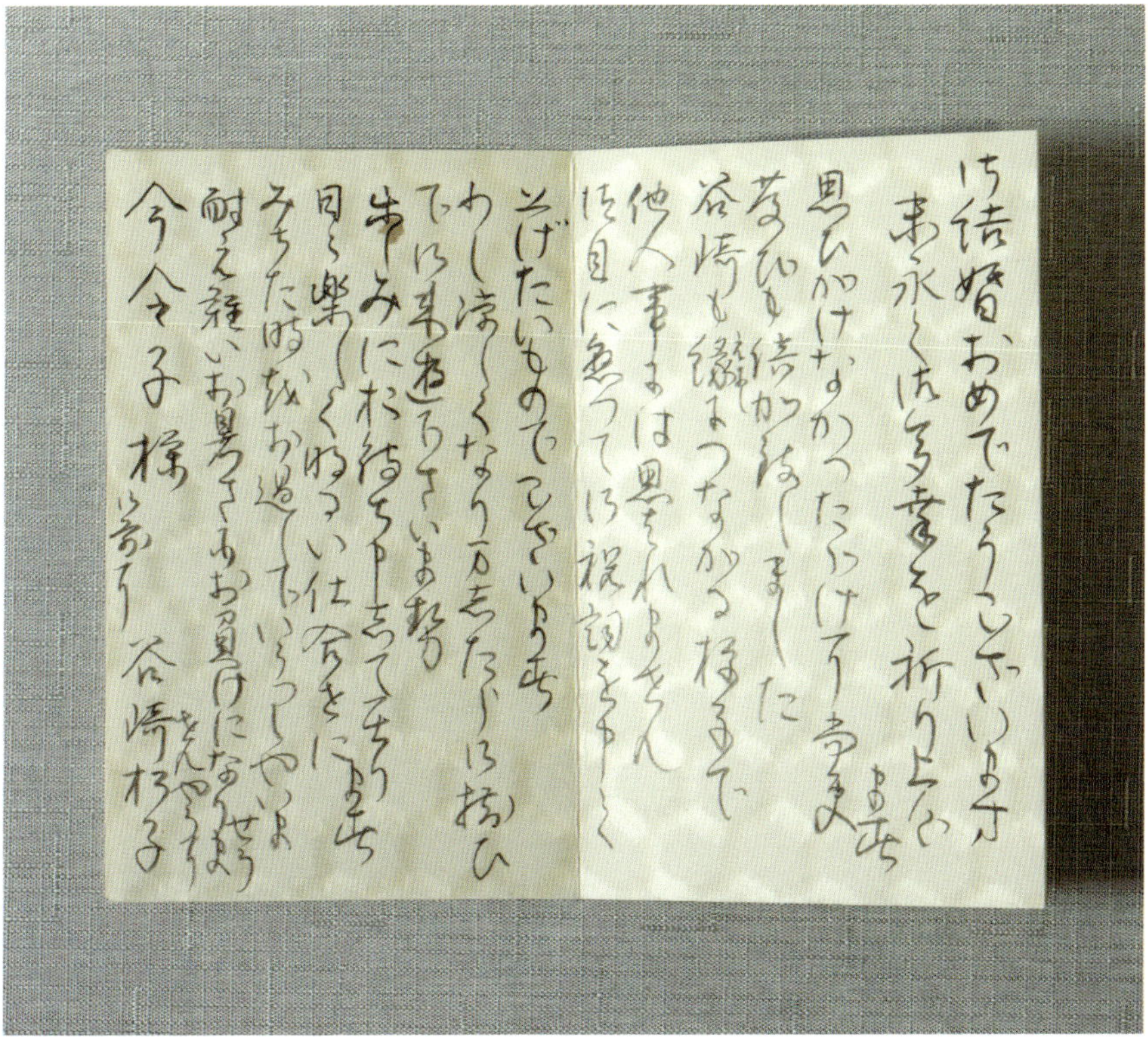

御結婚おめでたうございます
末永く御多幸を祈り上げます
思ひがけなかつたけれど事実
並ひも結婚致しました
谷崎も縁につながる様子で
他人事とは思へません
御目に懸つて御祝詞を申し上
げたいものでございます
わし淋しくなり一方ならず御懐ひ
で御来遊下さいます様
楽しみに御待ち申して居ります
日々楽しくゆるい仕合せに
みちた時をお過しでいらつしやいませう
耐へ難いお暑さをお過しになりますよう
今令子様 参る 谷崎松子

谷崎松子夫人より筆者宛封書　昭和五十八年一月

としのはじめの御慶をめでたく申し上げ万寿
御平安によい初春をお迎へのおん事とおよろこび申します
つまらないものかきを致しましてつひ追はれてよいおん状を頂きおなつかしく存じながら不義理を重
ね　お宥し下さいませ　今年こそお目にかゝりたく心から願ってをります　晃浩ちゃんどんなにかお
かわいく御成長でございましょう　もうお話もなされますでしょう　昨年お認め下さいました御手紙
には岡田茉莉子さん樋口富麿様等のことをお書き頂いておりましたが　親しい方々で　殊に樋口さん
は私の娘時代からのお交わりでございました　沢山お話があつて又［判読不能］しそうに思はれます
鎌倉に伺へばお知合も多く私の方からお訪ねさせて頂きたい氣持が強くなりました　どうかおあひ出
来る日をお待ち下さいませ　何かの御縁でございませう　私はせう云ふものを大切にしたう存じます
二年間頑張りつゞけまして二度目の谷崎の思出を三月に中央公論社から上梓することになりました
資料は尽きませんがあと一回で連載は終ります　『細雪』の映画とどちらも是非御らん頂きたうござ
います　細雪のブームになりさうで女優さん方も傾注していらつしやいます
どうか御皆様御健康又御多祥を祈ります　今年はいく度もおたよりを認め万寿
かしこ
七草の日
谷崎松子　拝
今令子様
御前に

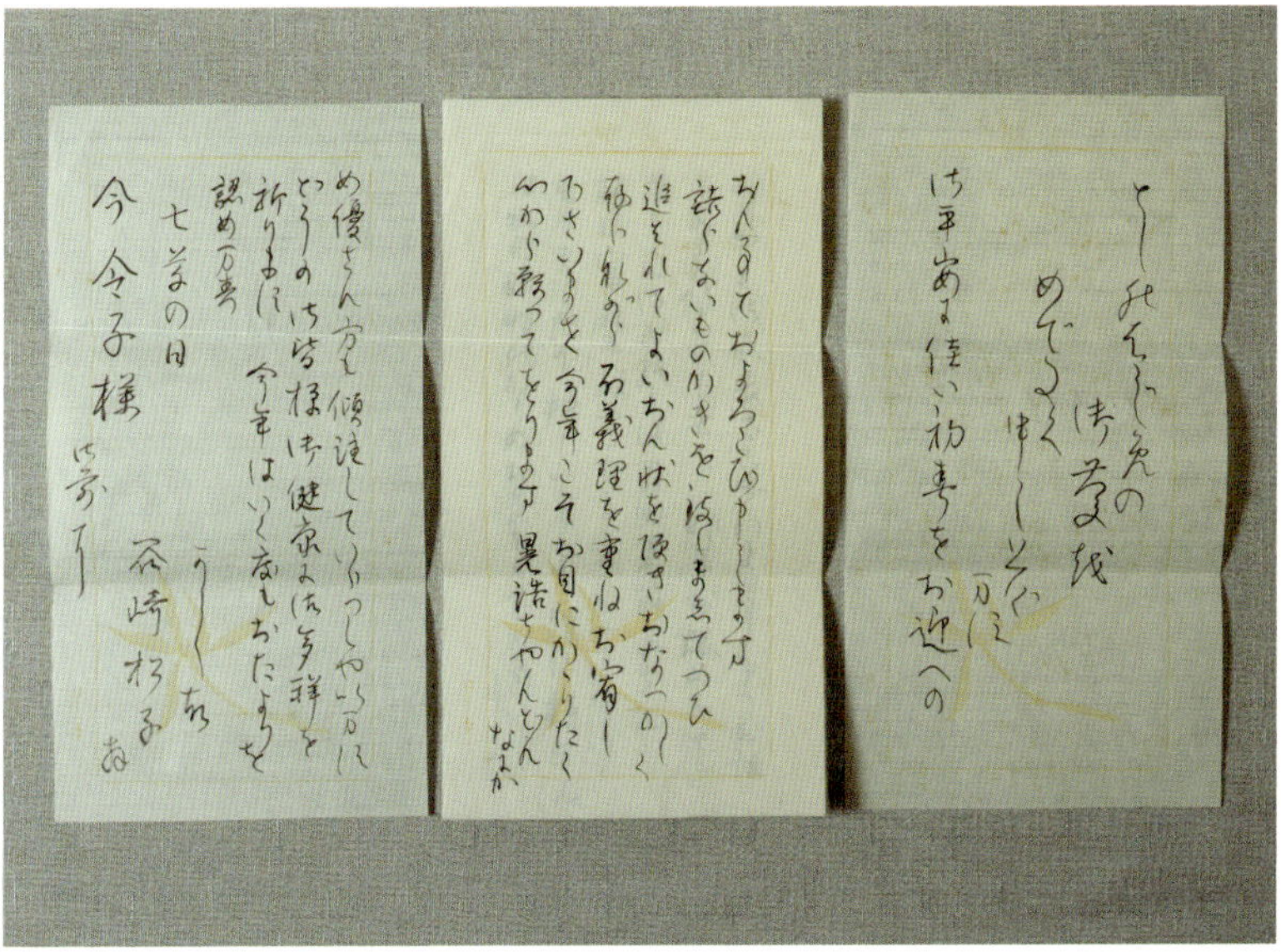

としあらたまりの　御慶び
めでたく　申し上げ候
一方に
御平安な佳い初春をお迎への

おくれて　およろこび申し上げます
詰らないものかきを致しまして　つひ
追はれて　よいおん状を頂きながら
御礼の不義理を重ね　お宥し
下さいませ　今年こそ　お目にかかりたく
心から祈つて　をります　晃詰ちやんとも
なよか

め優さん方も傾注していらつしやいますに
とうの皆様御健康御多祥を
祈りまして　今年はいく度もおたよりを
認め万ず
七草の日
かしこ
谷崎松子
今今子様
御許に

谷崎松子夫人より筆者宛葉書　昭和六十年一月

としのはじめを
ことほぎあげ万寿
元旦
平素の御ぶさたを深くおわび申しあげます　昨年に次男お生れの由　定めしおに賑やかでいらつしや
いませう
ぜひ御皆さまにお目もじ志たく願はれてなりません　どうか皆様御多祥を念じ上げます

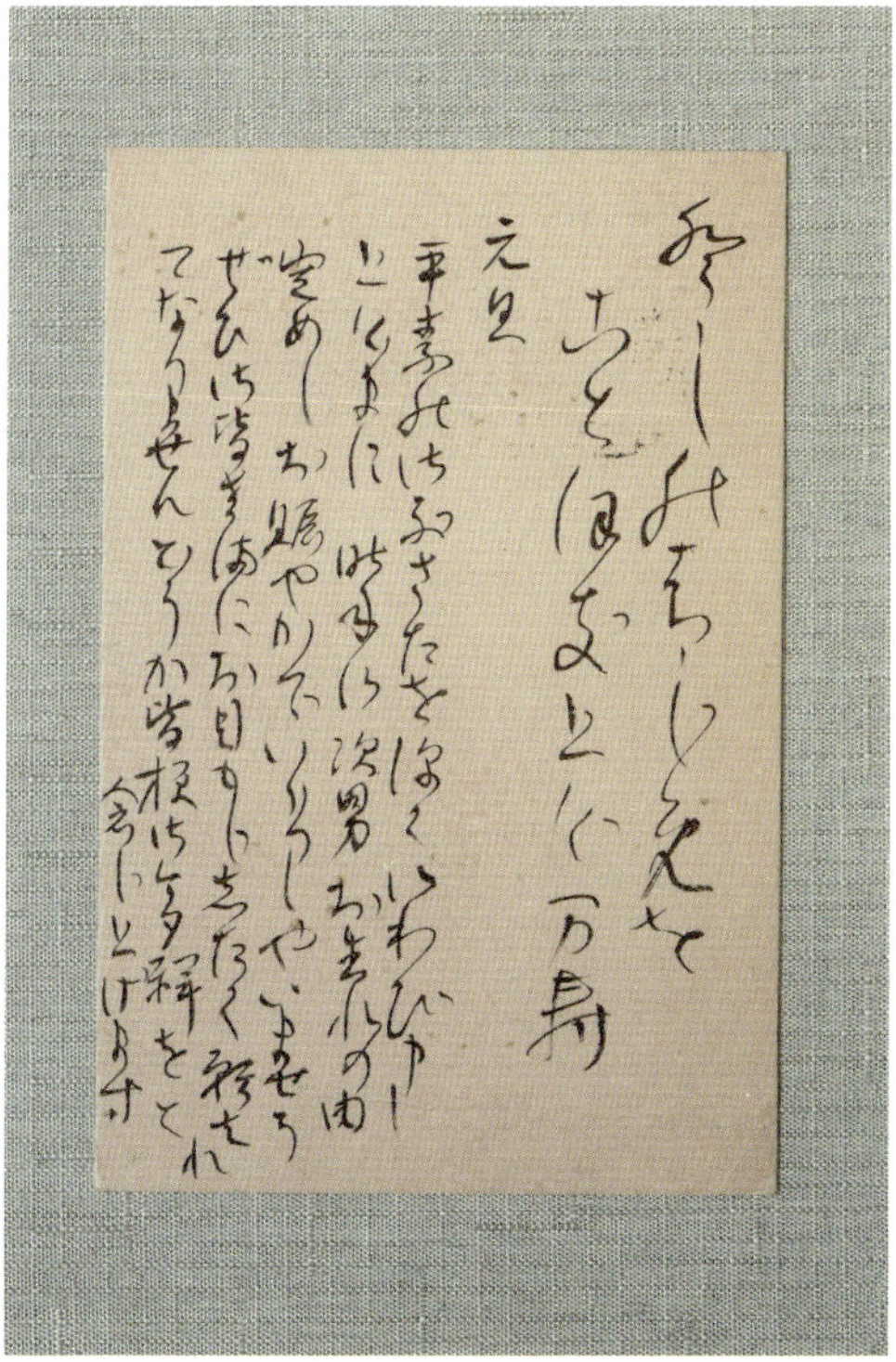

谷崎松子夫人より樋口富麿氏宛封書　昭和三十六年七月

先便紹介状お送り申上げましたが　あとで字が（古いと云ふ）おかしいと心づきました主人が自筆でかけないもので私に代筆を命じられますものですから今様［注　今東光氏を指す］にわらわれて了《しま》ひますからひらに先のはお破き棄て願います谷崎よりも山々よろしく申出ました　猶今様に御面会の節には御ぶさたくれ〲もおわびお支下さいませ　とり急ぎ右迄

あら〱

松子

樋口富麻呂様

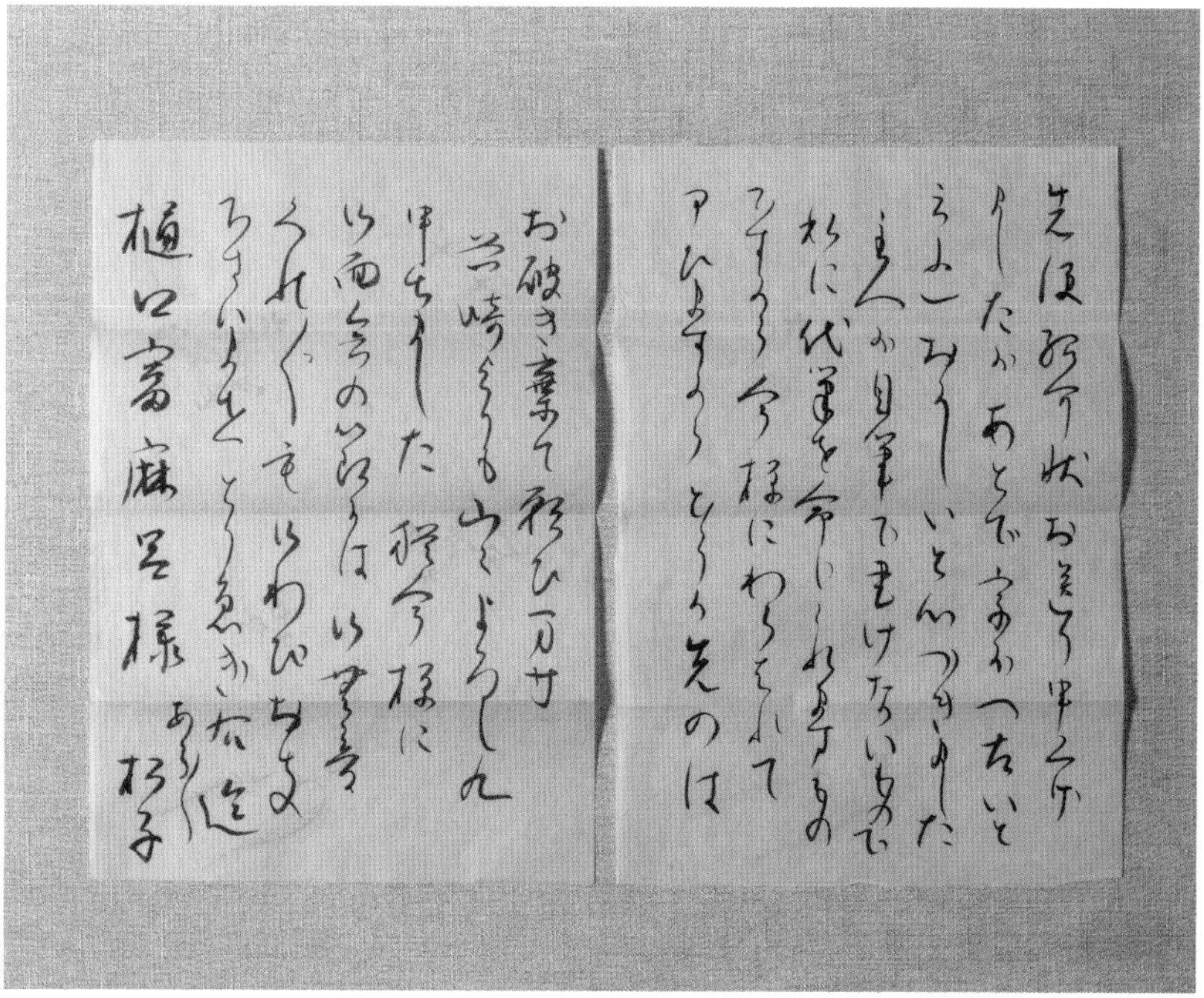
樋口富麻呂様
杉子

平井正衛氏より筆者宛封書　昭和五十年四月

平井正衛

高村令子様

慶賀［一字不明］年

初春の候益々御健祥に存じます

何分過日は御芳［一字不明］頂き早速御答へ申し上ぐべきの処　老生風邪の度《た》め失礼申し上げました

御たづねの件　大分昔の事で老人ボケもあり只今いろ〳〵記憶を思い出しに苦心しております

谷崎潤一郎老を顧問にしましたのは我々創立者が戦後人心混乱時少しでも心に長きかてとなる為めに品位ある読物を提供しようと［二字不明］ふ考えで初めたもので販売に努力もしましたが何分にも人心の荒れていた時とて品良き読物は受け入られず七、八号迄発行しましたが［四字不明］為めに廃刊の止むなきに至りました

創立者は［五字不明］で毎日新聞社を引退されました奥村不染［注　奥村信太郎氏の号］とこの側近者にて初めたものにて奥村先生は谷崎氏支援の方で谷崎氏も恩人のため進んで協力してくれました

喜んで顧問にもなり毎号執筆を約束してくれました　老生は谷崎氏とは学生時代の友人であった事も

創刊に進んで参加しました

いろいろ当時の事を一度調べまして後日又御知らせ申し上げます

不取敢《とりあえず》一度御返事申し上げます

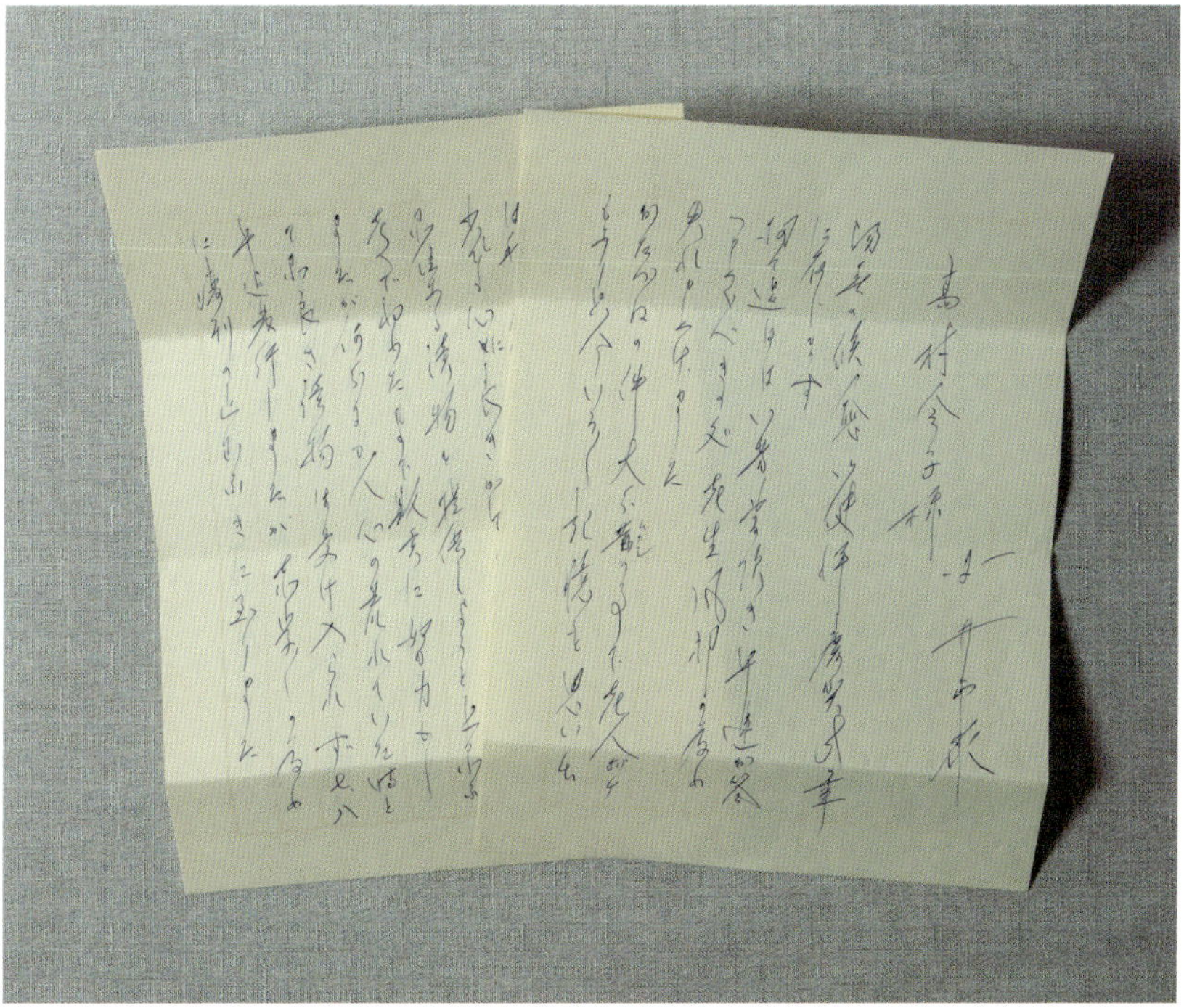

渡邊千萬子さんより筆者宛葉書　昭和四十九年十一月

お手紙ありがとう存じました。寫真もよくとれていて、お心づくしうれしうございます。お申し越しの件は余りにテーマーが大きすぎて書くにしては大へんなのです。六興出版の谷崎の全集の月報に四度ばかり書いたものがございます。もしまだお讀みでなければ御参考になるかもしれません。一度みてください。

十一月二日

渡辺千萬子

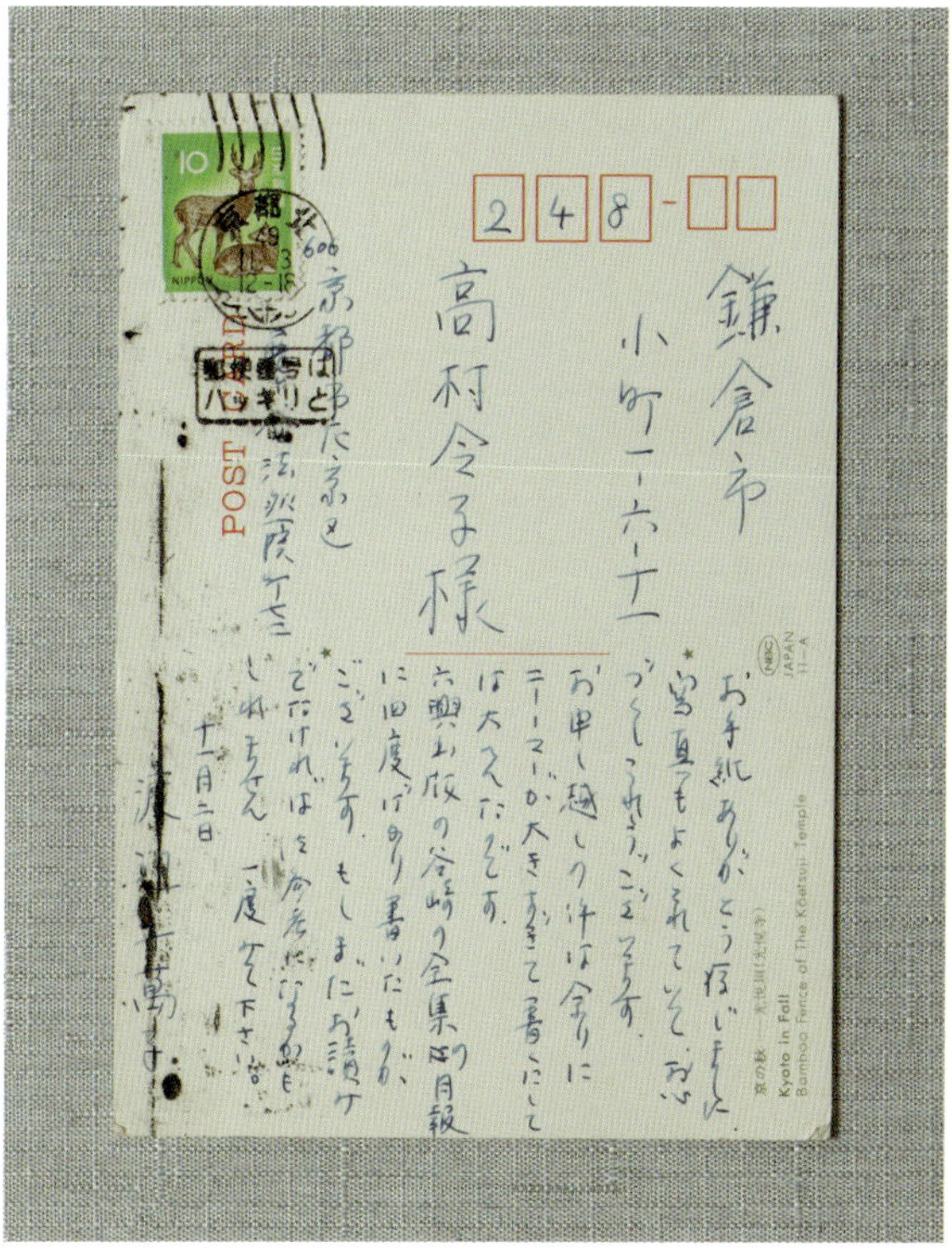
248-
鎌倉市
小町一–六–十一
高村令子様
POST CARD
Kyoto in Fall
Bamboo Fence of The Kōetsuji Temple
JAPAN

渡邊千萬子さんより筆者宛封書　平成三年三月

今朝は春の雪がふりつもって哲学の道も吉田山もうっすらと薄化粧をしてとても綺麗でした。思いがけないお便りをお供をいただきまして驚きました。随分昔のことですのにお忘れなくお心づかいほんとうにうれしく存じます。私もまだ若々しい学生さんだった貴女様をよく覚えています。丁度この十八日には納骨の法要が法然院でございますのでお供えさせていただきます。母もきっと喜ぶことと思います。

その折にはたをりも帰って参りますから昔の思い出話に花が咲くでしょう。

ほんとうに有難うございました。心より御礼申し上げます。

又、京都へお出かけの折には是非お立ち寄り下さいませ（家を少し改造してアトリエ・ド・カフェというささやかなティールームをしていますから。）

御礼までに

十五日

渡辺千萬子

今令子様

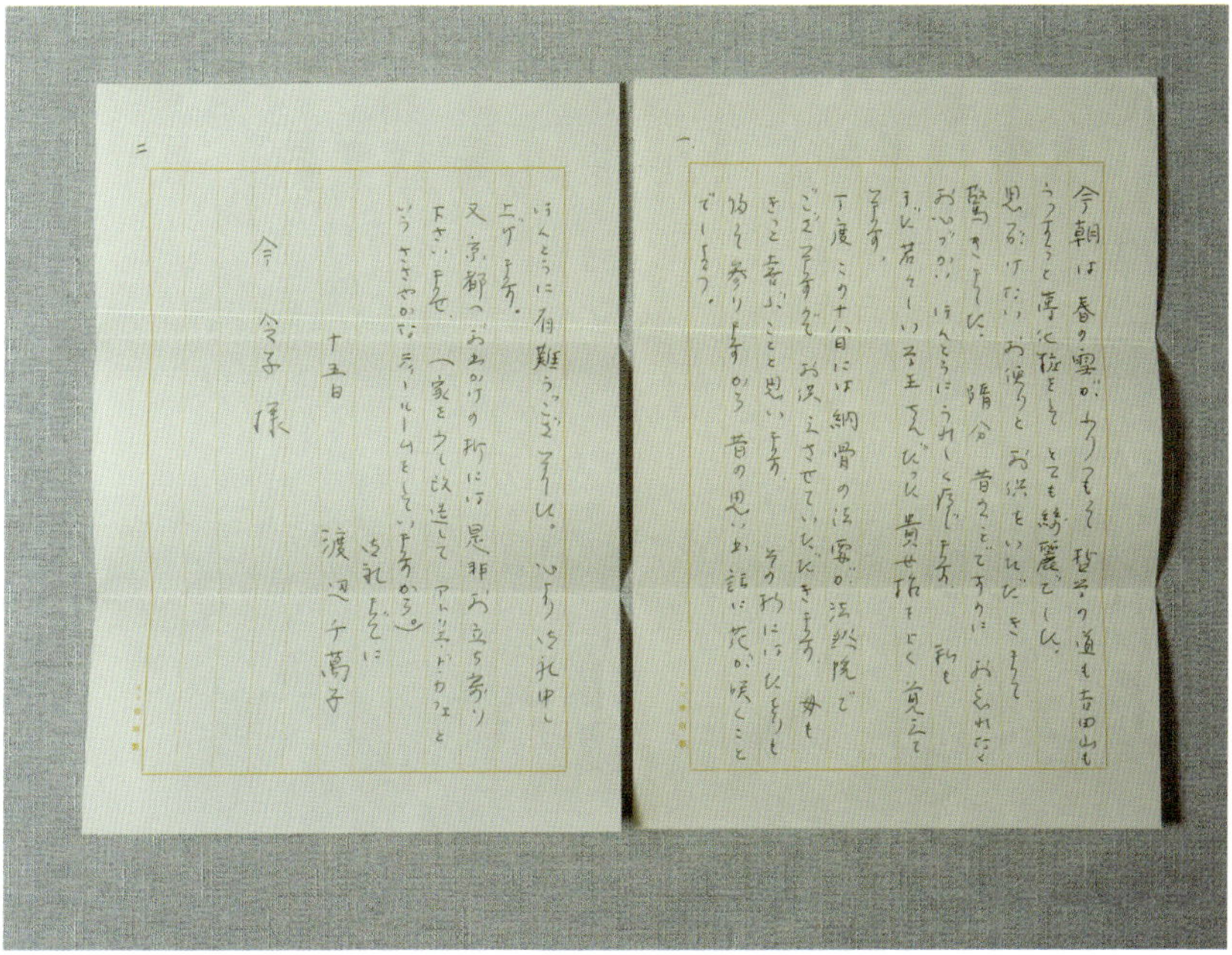
一
今朝は春の雪がふりつもって哲学の道も吉田山も
うっすらと雪化粧をしてとても綺麗でした。
思いがけないお便りとお供をいただきまして
驚きました。随分昔のことですのにおわすれなく
おこころづかいほんとうにうれしく存じます。私も
まだ若々しい女王さんだった貴女様をよく覚えて
います。
丁度この十八日には納骨の法要が法然院で
ございますのでお供えさせていただきます。母も
きっと喜ぶことと思います。その折にはたよりも
偲んで参りますから昔の思い出話に花が咲くこと
でしょう。

二
ほんとうに有難うございました。心よりお礼申し
上げます。
又京都へおでかけの折には是非お立ち寄り
下さいませ。（家を少し改造してアトリエ・ド・カフェと
いうささやかなティールームをしていますから。）
お礼までに
十五日　渡辺千萬子
令子様

渡辺たをりさんより筆者宛封書　昭和四十九年十一月

高村令子さま

母から電話であなたのことを知らせて来て、1度連絡をさしあげるようにとのことですのでペンを取りました。今日、やっと京都からあなたのお手紙が転送されてまいりましたので、失礼ですが、読ませていただきました。

私は、あまりきちんと作品を読んだこともありませんし、祖父が生きていましたときは、まだ子供でしたから、作家としての彼を意識したことはないのです。知らず知らずに、影響されていることは、あるようですが――。甘いやさしい〝おじいちゃん〟でしたけれども、行儀については大変うるさい人でした。夕食には家族全員がきちっと服を変えて、時間どおりに食卓につかないと気嫌が悪い――というぐあいです。「ちょっとおーっ!!」「だぁれです!!」というのがとくいのセリフでした。

ほんとに何も知りませんけれども、わかることでしたら、喜こんでお答えいたします。豊島園に住んでいますから、池袋あたりで会うのもいいでしょう。もし何かありましたら電話ください。今、アルバイトをしているので、夜7時以後の方が確実です。

母がよろしくと申していました。近頃の大学生にはめずらしい、きちんとした手紙を書く人だと感心していましたよ。

11月9日　　渡辺たをり

P.S.　電話番号は970-5104です。私か友人のどちらかしかいませんから、たをりとおっしゃればわかります。
おたがいに、いい卒論が書けるといいですね。

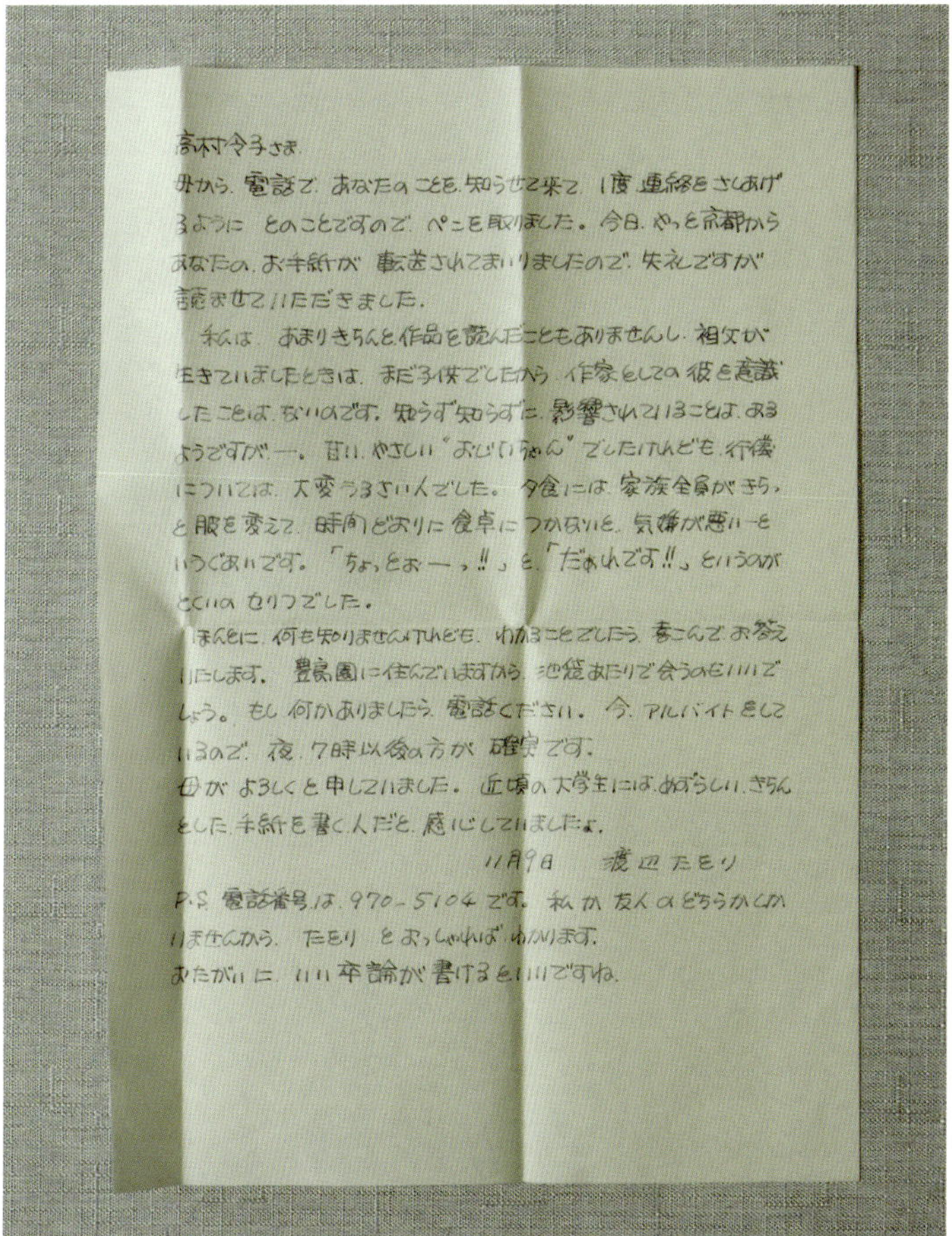

高村令子さま
母から、電話で、あなたのことを、知らせて来て、1度連絡をさしあげるように　とのことですので、ペンを取りました。今日、やっと京都からあなたの、お手紙が　転送されてまいりましたので、失礼ですが読ませていただきました。

　私は、あまりきちんと作品を読んだこともありませんし、祖父が生きていましたときは、まだ子供でしたから、作家としての彼を意識したことは、ないのです。知らず知らずに、影響されていることは、あるようですが—。甘い、やさしい"おじいちゃん"でしたけれども、行儀については、大変うるさい人でした。夕食には、家族全員がきちっと服を変えて、時間どおりに食卓につかないと、気嫌が悪いというぐあいです。「ちょっとおー っ‼」と、「だぁれです‼」というのがとくいのセリフでした。

ほんとに、何も知りませんけれども、わかることでしたら、喜こんでお答えいたします。豊島園に住んでいますから、池袋あたりで会うのもいいでしょう。もし何かありましたら、電話ください。今、アルバイトをしているので、夜、7時以後の方が確実です。

母がよろしくと申していました。近頃の大学生には、めずらしい、きちんとした、手紙を書く人だと、感心していましたよ。

11月9日　渡辺たをり
P.S. 電話番号は、970-5104です。私か友人のどちらかしかいませんから、たをり　とおっしゃれば　わかります。
おたがいに、いい卒論が書けるといいですね。

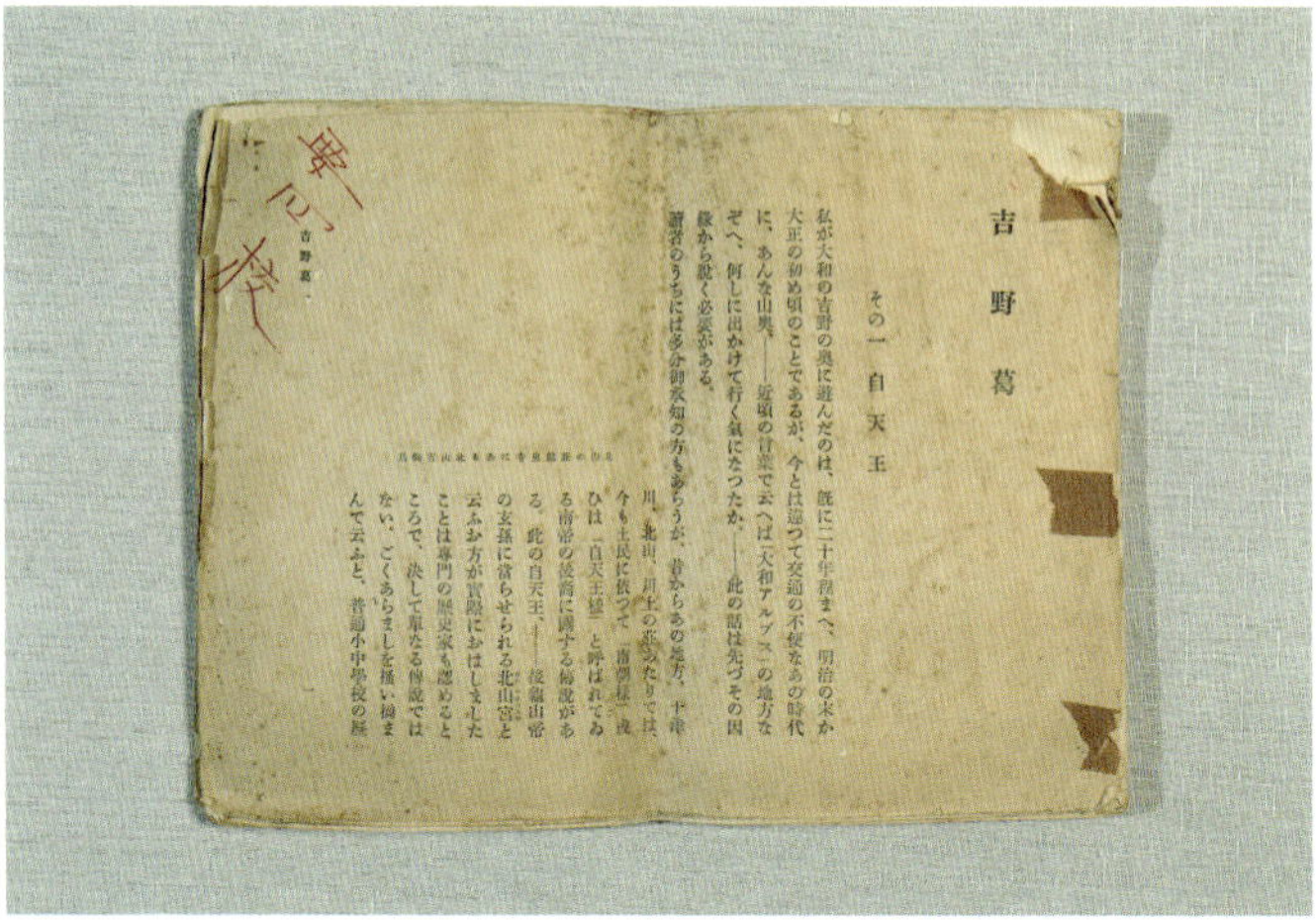

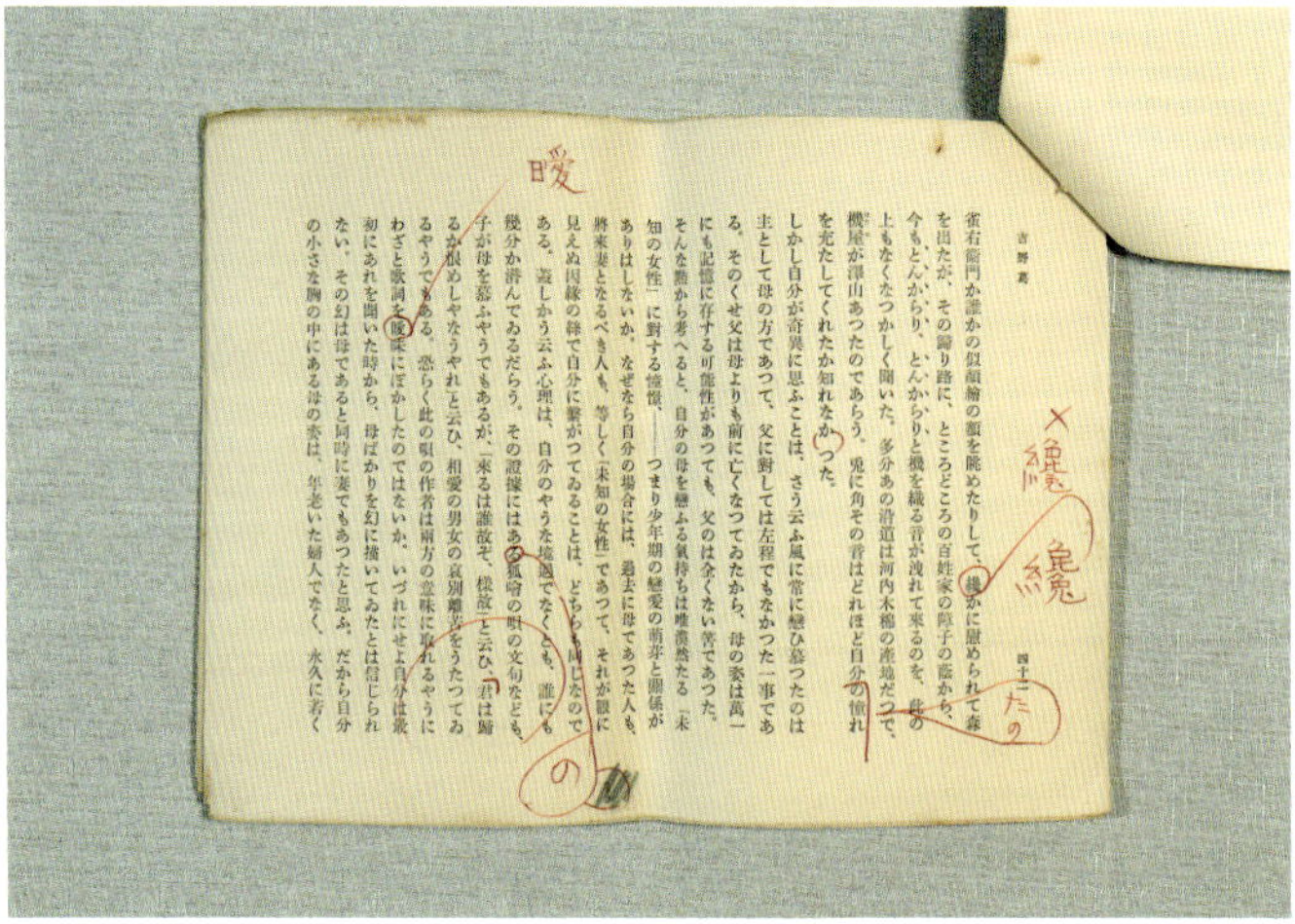

「吉野葛」ゲラ刷り
樋口富麿画伯より筆者が譲り受けた

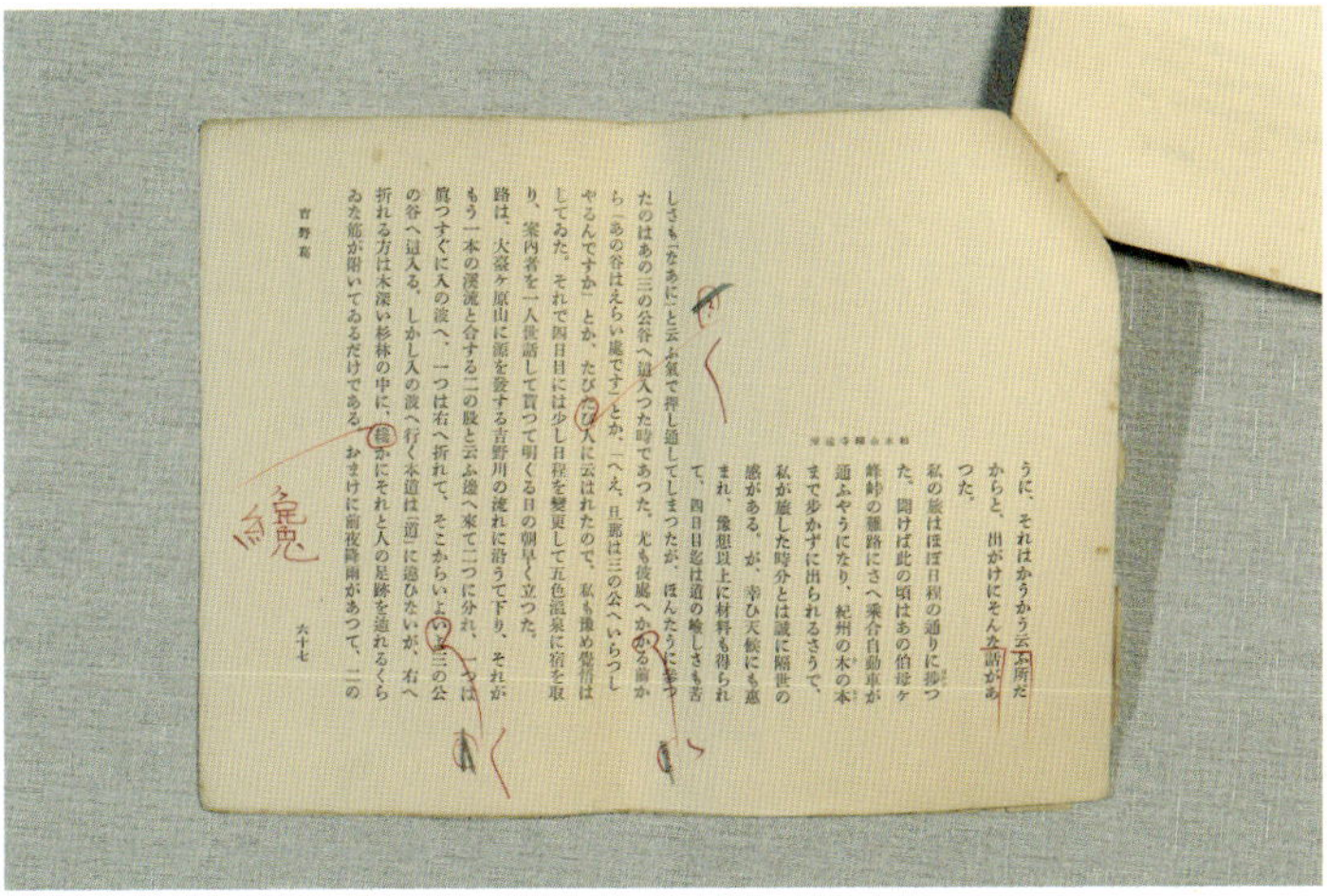
うに、それはかうかう云ふ所だからと、出がけにそんな話があつた。

私の旅はほぼ日程の通りに捗つた。聞けば此の頃はあの伯母ヶ峰峠の難路にさへ乗合自動車が通ふやうになり、紀州の木の本まで歩かずに出られるさうで、私が旅した時分とは誠に隔世の感がある。が、幸ひ天候にも恵まれ、豫想以上に材料も得られて、四日目迄は道の嶮しさも苦しさも「なあに」と云ふ気で押し通してしまつたが、ほんたうに弱つたのはあの三の公谷へ這入つた時であつた。尤も彼處へかかる前から「あの谷はえらい處です」とか、「へえ、旦那は三の公へいらつしやるんですか」とか、たびたび人に云はれたので、私も豫め覚悟はしてゐた。それで四日目には少し日程を變更して五色温泉に宿を取り、案内者を一人世話して貰つて明くる日の朝早く立つた。路は、大臺ヶ原山に源を發する吉野川の流れに沿うて下り、それがもう一本の渓流と合する二の股と云ふ處へ來て二つに分れ、一つは眞つすぐに入の波へ、一つは右へ折れて、そこからいよいよ三の公の谷へ這入る。しかし入の波へ行く本道は「道」に違ひないが、右へ折れる方は木深い杉林の中に、僅かにそれと人の足跡を辿れるくらゐな筋が附いてゐるだけである。おまけに前夜降雨があつて、二の

吉野葛　　六十七

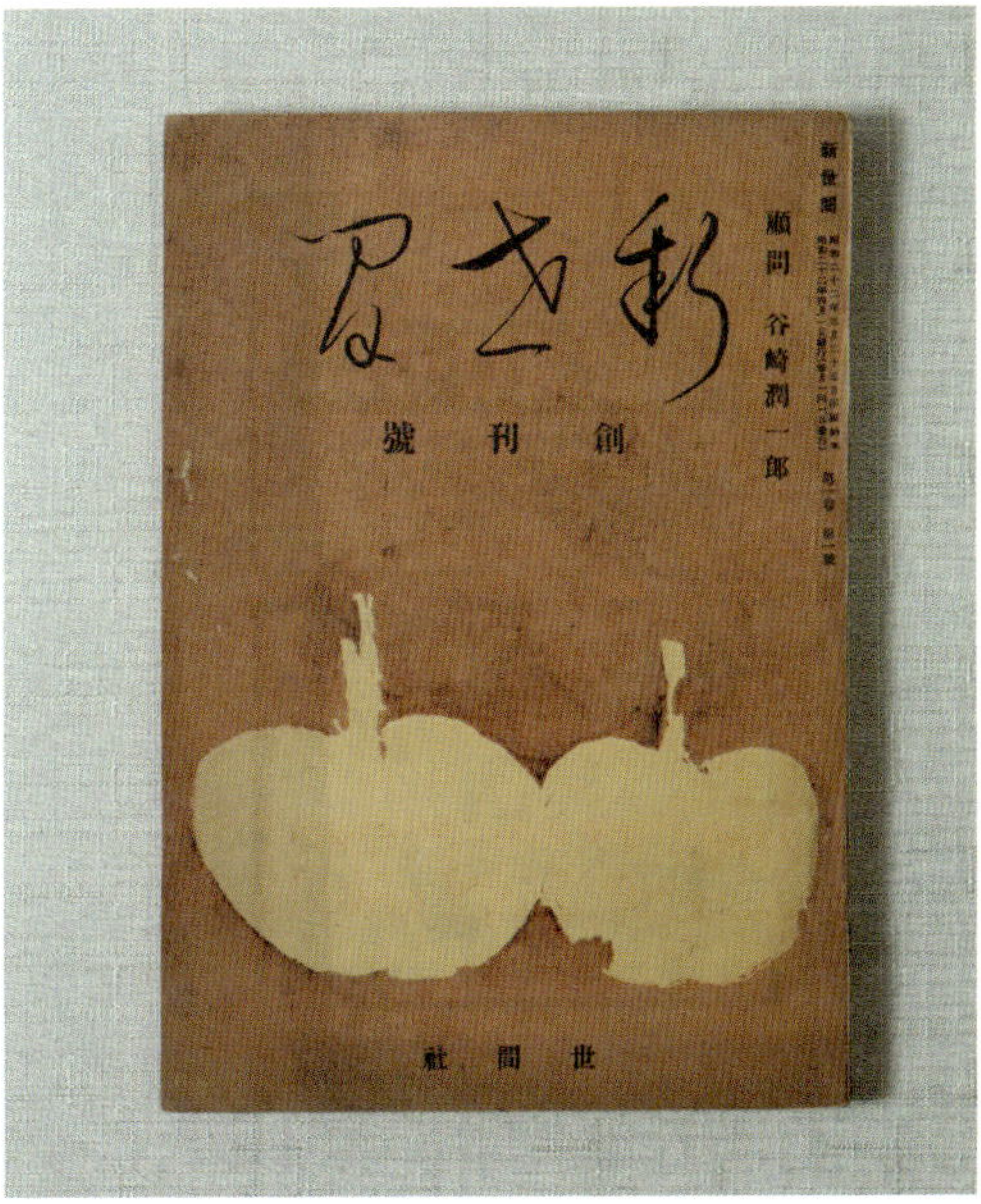

『新世間』誌創刊号
筆者蔵

谷崎潤一郎書　色紙（上）・谷崎松子夫人書　色紙（下）
いずれも服部家所蔵

谷崎が熱海市伊豆山に住まう頃、秘書の役目を担っていたのが、東京大学医学部教授で日本病理学会長などを務めた三宅仁氏の奥様の親戚にあたる服部晶三氏である。当時まだ二十代、吉川英治の弟・吉川晋氏も務めていた六興出版に勤務していたこともある青年だった。服部晶三氏は鎌倉在住で、谷崎ゆかりの品々、および三島由紀夫の肉筆原稿など文学資料を所有されていた。服部氏はすでに逝去されたが、今は奥様が、それらの品々を守っておられる。

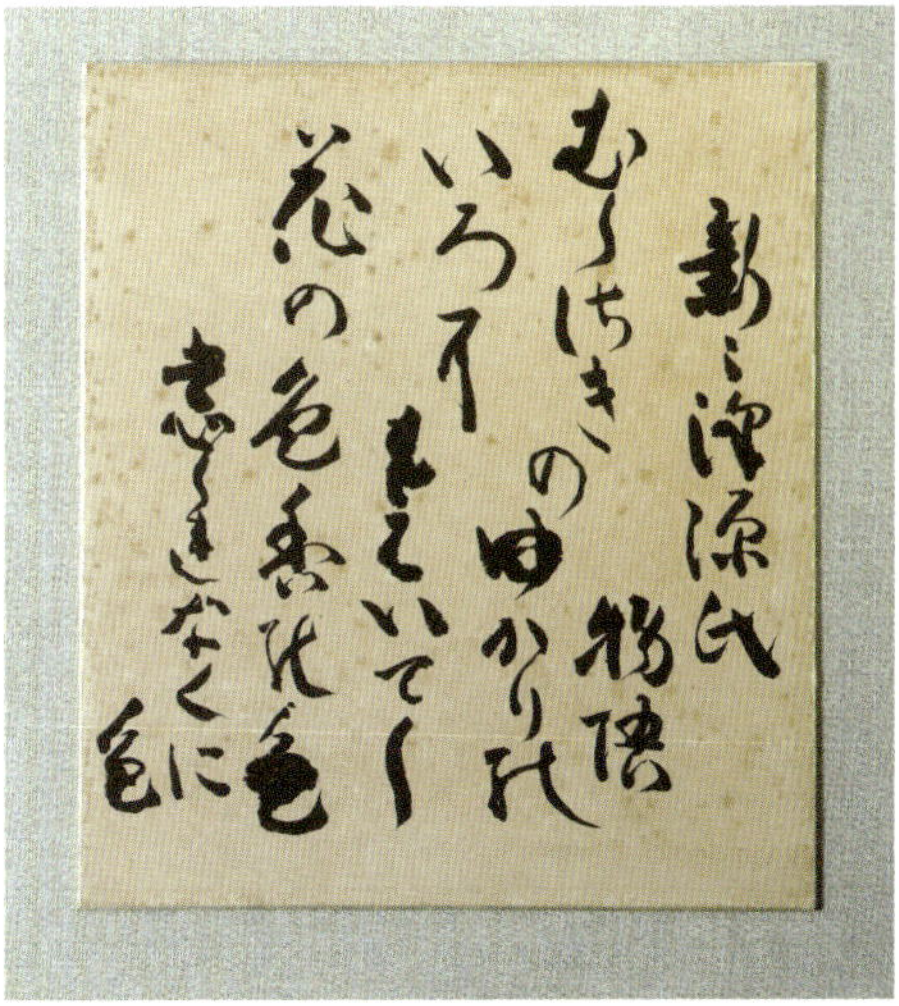

新々訳源氏物語
むらさきのゆかりの
いろに見えいてし
花の色香の色
忘れなくに
［一文字不明］

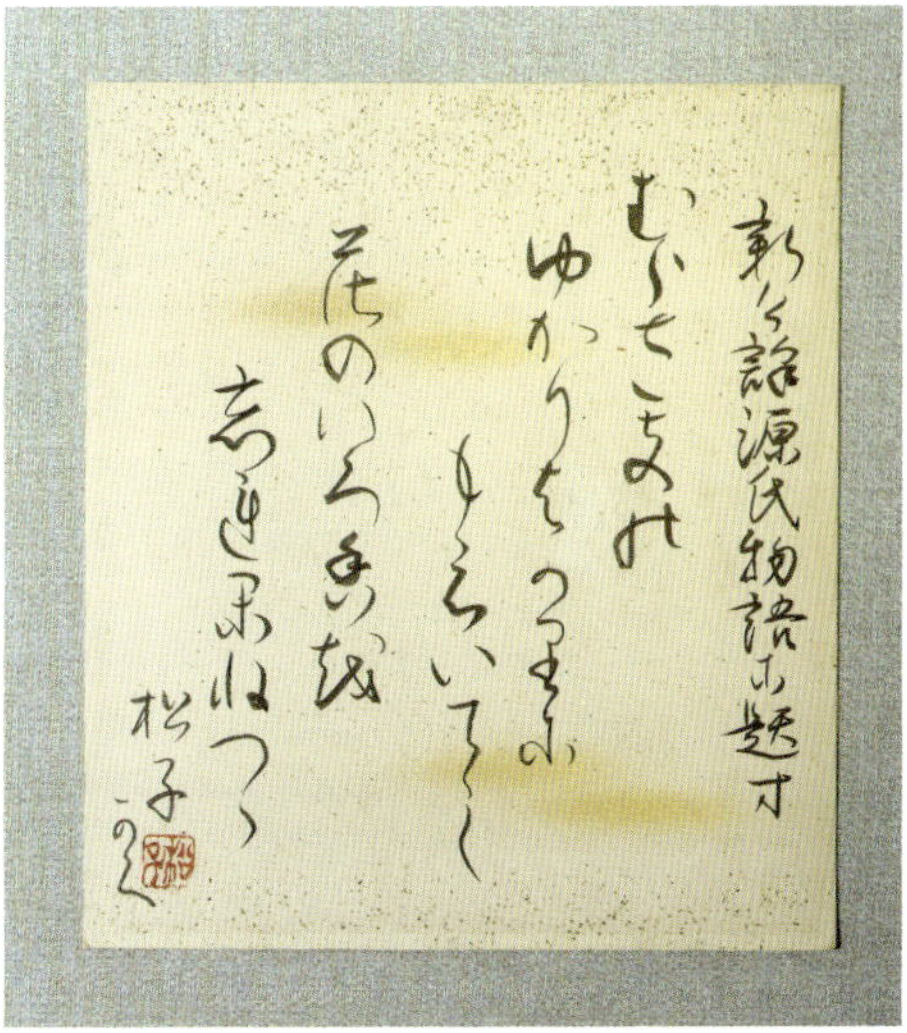

新々訳源氏物語に題す
むらさきの
ゆかりはかりに
もえいてし
花のいろ香を
忘れかねつつ

松子
かく

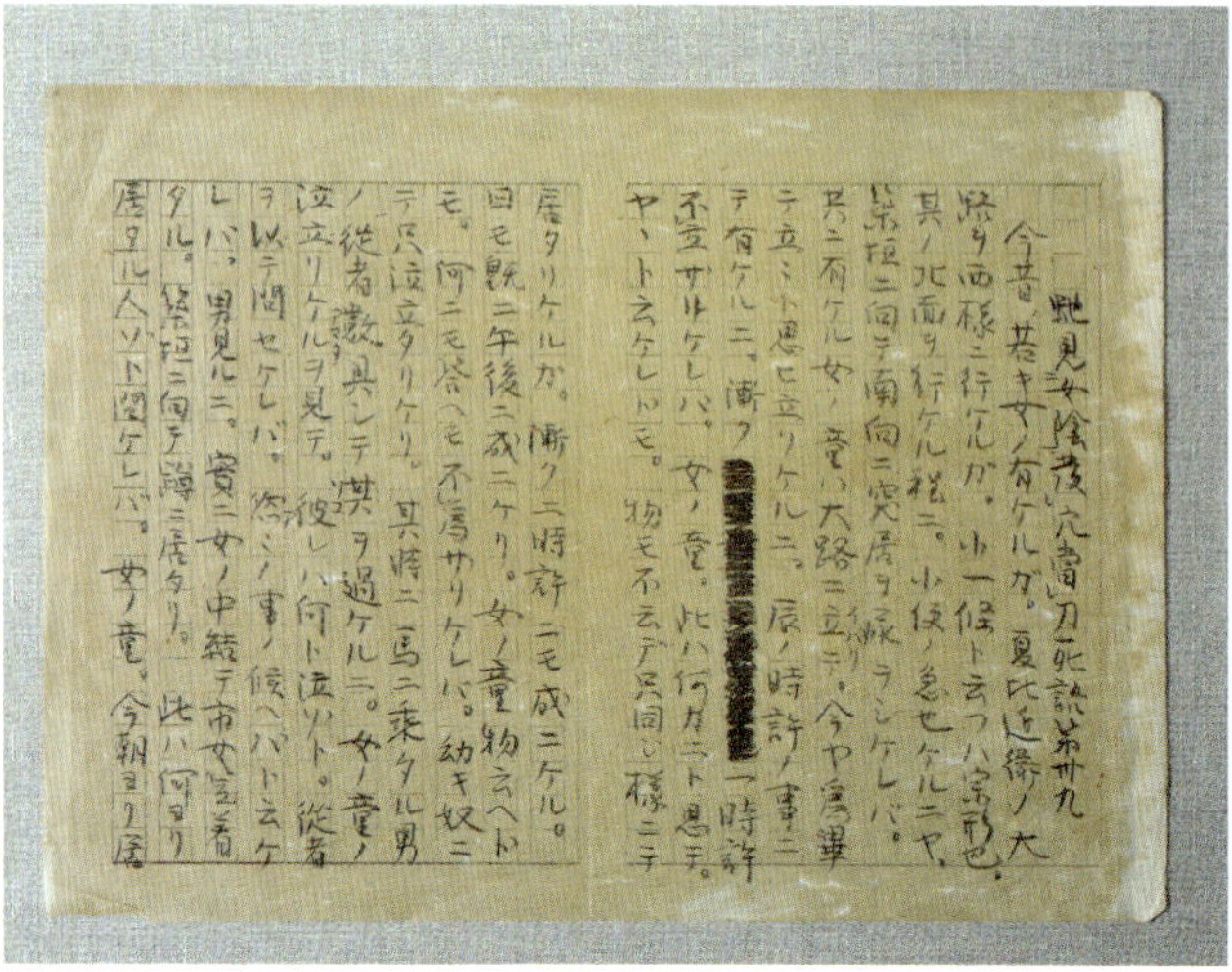

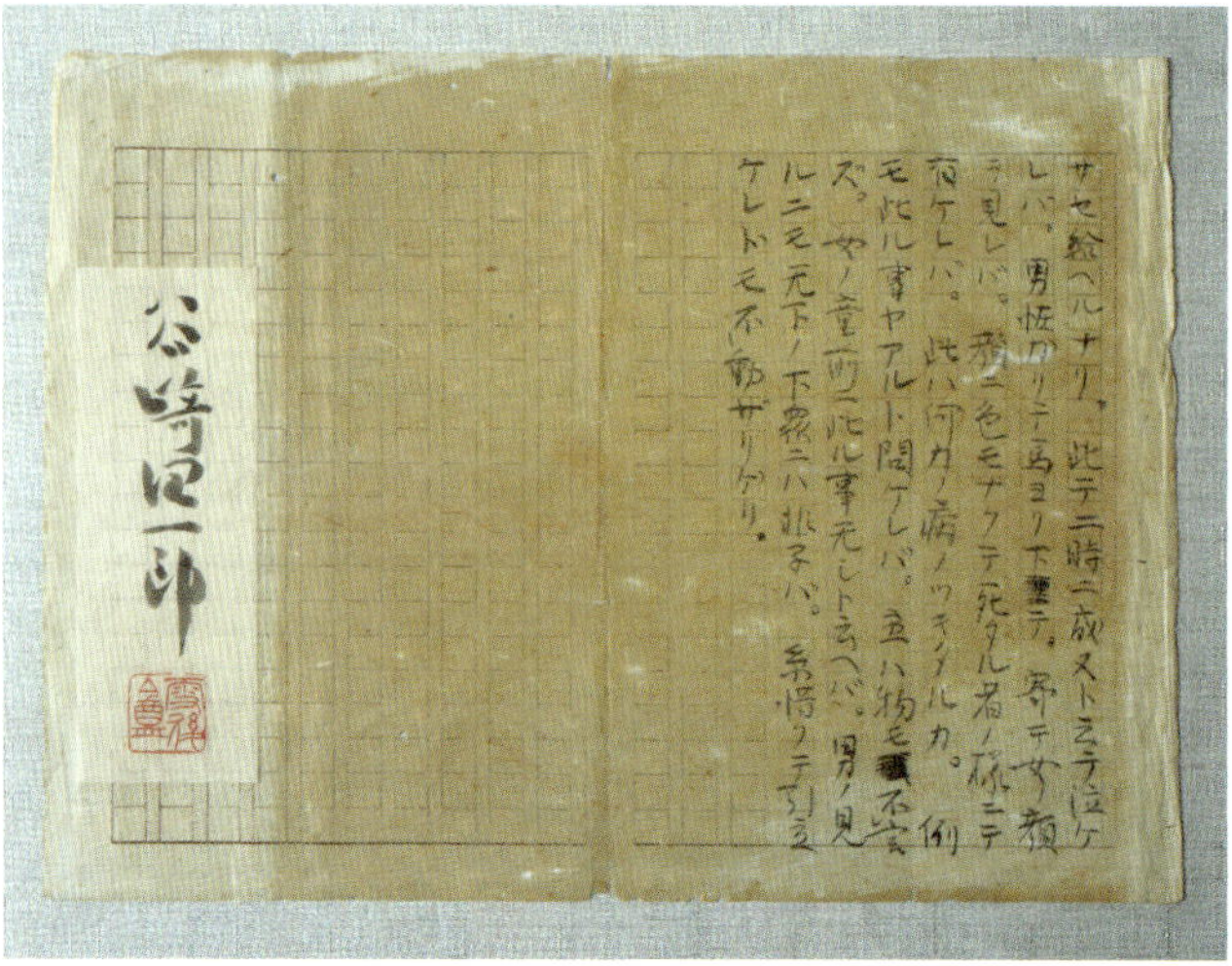

谷崎潤一郎自筆原稿
『今昔物語』の冒頭部分
服部家所蔵

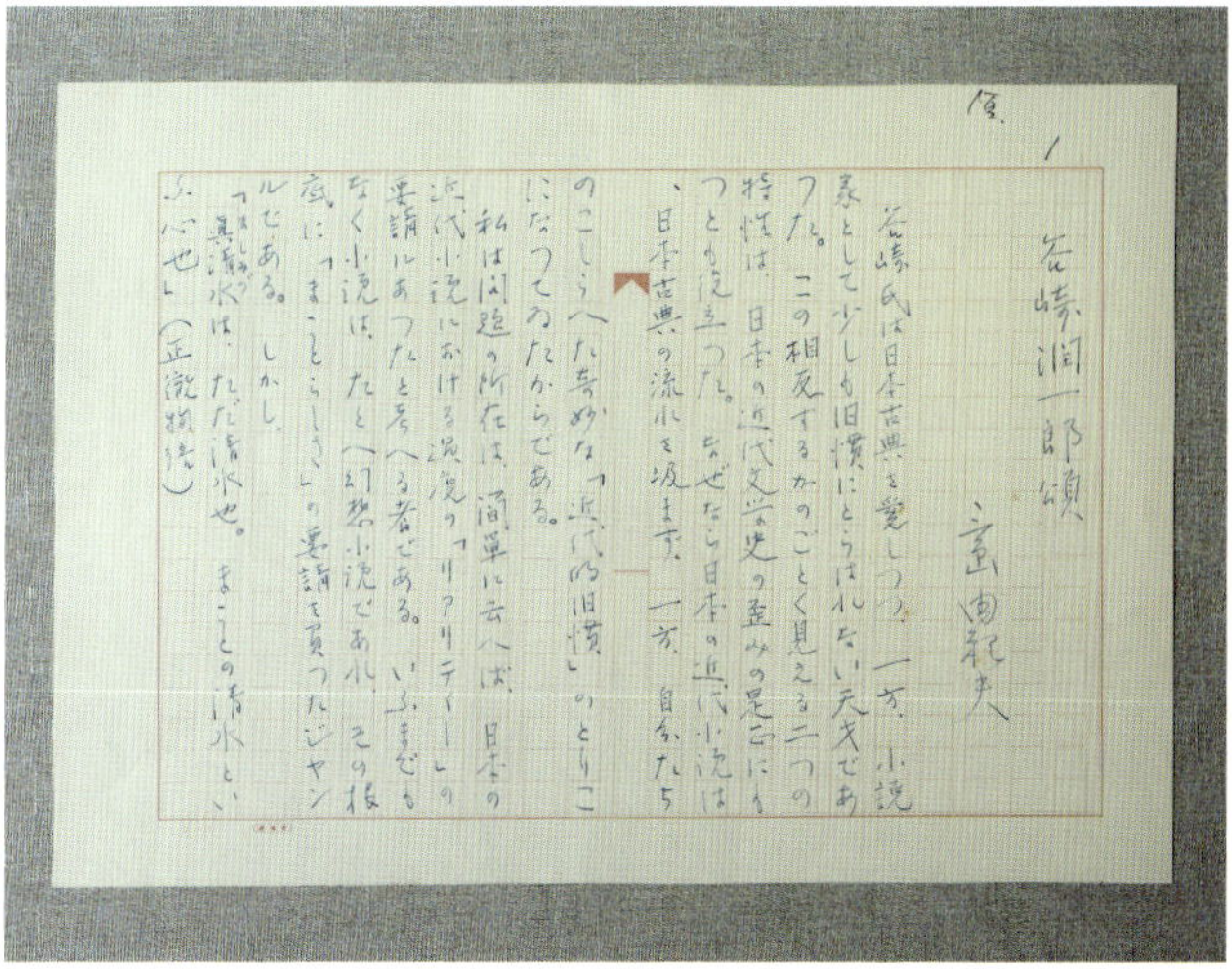

三島由紀夫「谷崎潤一郎頌」自筆原稿
日本橋三越『文豪谷崎潤一郎展図録』（昭和四十一年十一月）への寄稿
服部家所蔵

文学陶器
服部晶三氏が考案・販売していた。『刺青』の挿画（右）と谷崎の書（左）を焼きつけた岐阜・多治見の美濃焼。

参考文献

〈全集〉
『谷崎潤一郎全集』全三十巻（中央公論社、昭和三十二年—三十四年）及び月報
『谷崎潤一郎全集』全二十八巻（中央公論社、昭和四十一年—四十五年）及び月報
『谷崎潤一郎文庫』全十二巻（六興出版、昭和五十—五十二年）月報

〈単行本〉
辰野隆『谷崎潤一郎』（イヴニング・スター社、昭和二十二年）
高田瑞穂『谷崎潤一郎　文芸読本　第一・八』（成城国文学会、昭和二十四年）
津島寿一『谷崎と私』（中央公論社、昭和二十八年）
中村光夫『谷崎潤一郎論』（新潮文庫、昭和三十一年）
吉田精一編『谷崎潤一郎　近代文学鑑賞講座9』（角川書店、昭和三十四年）
橘弘一郎編著『谷崎潤一郎先生著書総目録』全三巻・別巻（ギャラリー吾八、昭和三十九年—四十一年）
『文豪　谷崎潤一郎展』（毎日新聞社・中央公論社、昭和四十一年）
君島一郎『朶寮一番室　谷崎潤一郎と一高寮友たちと』（時事通信社、昭和四十二年）
谷崎精二『明治の日本橋・潤一郎の手紙』（新樹社、昭和四十二年）
谷崎松子『倚松庵の夢』（中央公論社、昭和四十二年）
平山城児『谷崎潤一郎　人と作品12』（福田清人編、清水書院、昭和四十二年）
三枝康高『谷崎潤一郎論考』（明治書院、昭和四十四年）

伊藤整『谷崎潤一郎の文学』（中央公論社、昭和四十五年）
荒正人編著『谷崎潤一郎研究』（八木書店、昭和四十七年）
野村尚吾『伝記　谷崎潤一郎』（六興出版、昭和四十七年）
日本文学研究資料刊行会編『谷崎潤一郎　日本文学研究資料叢書』（有精堂出版、昭和四十七年）
橋本芳一郎『谷崎潤一郎の文学　近代の文学八』（桜楓社、昭和四十七年）
足立巻一ほか編「谷崎潤一郎　現代日本文学アルバム5」（学習研究社、昭和四十八年）
野村尚吾『谷崎潤一郎　風土と文学』（中央公論社、昭和四十八年）
渡辺たをり『祖父谷崎潤一郎』（六興出版、昭和五十五年）
市居義彬『谷崎潤一郎の阪神時代』（曙文庫、昭和五十八年）
『作文でつづる75年　創立75周年記念誌』（甲南学園江南小学校、昭和六十二年）
谷崎松子『蘆辺の夢』（中央公論新社、平成十年）
『谷崎潤一郎＝渡辺千萬子往復書簡』（中央公論新社、平成十三年）
渡辺千萬子『落花流水　谷崎潤一郎と祖父関雪の思い出』（岩波書店、平成十九年）

〈雑誌記事・論文〉

『新世間』第一巻第一号―第二巻第二号、第二巻第四号―第二巻第七・八号、昭和二十二―二十三年、世間社
『文藝』臨時増刊・谷崎潤一郎読本（河出書房、昭和三十一年）
『中央公論』特集谷崎潤一郎追悼、昭和四十年十月号（中央公論社）
『文藝』第四巻第十一号・特集谷崎潤一郎・高見順追悼（河出書房、昭和四十年）

『國文學　解釋と鑑賞』第三十八巻八号・特集唯美の系譜　泉鏡花と谷崎潤一郎（至文堂、昭和四十八年）
『文藝春秋』臨時増刊・明治・大正・昭和　日本の作家一〇〇人（文藝春秋、昭和四十六年）
『日本文藝論集』第九号（山梨英和短期大学日本文学会、昭和五十八年）
石川巧「雑誌「国際女性」の資料的価値」『跨境　日本語文学研究』（高麗大学校日本研究センター、二〇一五年）

あとがき

私は鎌倉小町通りにある、有限会社千代平商店、通称「おもちゃのちょっぺ」の三代目です。観光地なので年中無休、仕事の合間に、大学の卒業論文をもとにこの原稿を書き連ねました。今年は創業百周年にあたります。記念の年に出版にこぎつけることができたのは喜びの至りです。

この本の制作にあたっては、冒頭「はじめに」でご紹介させていただいた先生方、渡辺たをりさん、田中眞知子さん、川口千枝さんはじめ多くのかたのご協力をいただきました。厚くお礼申し上げます。また、私の住む鎌倉に、一時期、谷崎の秘書を務めておられた服部晶三氏の手元にあった谷崎の遺墨などが遺されていることから、今回それらの一部も収録させていただきました。ご協力いただいた奥様に感謝申し上げます。

二〇二四年十一月

著者しるす

今令子　こん・れいこ

旧姓・高村。昭和二十六年、鎌倉に生まれる。鎌倉市立御成小学校、鎌倉女学院中学校高等学校を経て立教大学文学部日本文学科卒業。谷崎潤一郎の未発表書簡を紹介する大学卒業論文が、昭和五十年度『立教文学』に掲載された。鎌倉在住。

谷《たに》崎《ざき》禮《らい》讃《さん》

谷崎潤一郎《たにざきじゅんいちろう》をめぐる人々《ひとびと》との出会《であ》い

二〇二四年十二月十二日初版発行

著者　今　令子

発行者　上野勇治

発行　港の人
神奈川県鎌倉市由比ガ浜三—一一—四九
郵便番号二四八—〇〇一四
電話〇四六七—六〇—一三七四
FAX〇四六七—六〇—一三七五
www.minatonohito.jp

装丁　港の人装本室

印刷　シナノ印刷

ISBN978-4-89629-450-7